Allein
oder
Das Erbe der Terraformer

Ein Science-Fiction-Roman
von jon

Es spielen mit:

*die Trrk (arthropodoide, zwittrige zivi-
lisationsbildende Spezies auf Talla)*
   Rstr
   Kirr Ssn
   Doktor Krissm Rt

die Menschen
   Ines Braun
   John Harrison
   Pawel Djormin

die Föderationsmitglieder
   Kral Botmur a Sik (Sietelaner)
   Talikisi Oina (Famayaner)

der Keltoner (humanoide Spezies)
   Ridea

das Wesen
   Madhan

und andere

Die Imte Rish war auf einem ganz gewöhnlichen Patrouillenflug. Ab und zu entsandte die Planetare Föderation ein Schiff in diesen Sektor, um nach dem Rechten zu sehen. Viel passierte hier normalerweise nicht – es gab kaum bewohnte Planeten und die meisten dieser ohnehin wenigen heimischen Spezies waren noch weit davon entfernt, soetwas wie Raumfahrt zu entwickeln. Auch die Nugroma interessierten sich nicht für dieses Gebiet. Bestenfalls Terraner konnten hier auftauchen – in hundert Jahren oder so, wenn sie Schiffe hatten, die schnell genug waren, die Strecke von ihrer Heimat bis hierher in annehmbarer Zeit zurückzulegen.

Obwohl – so überlegte Captain Kral Botmur a Sik gerade – diese Menschen waren hartnäckig, ein wenig wie Sietelaner, sie nahmen vielleicht so lange Reisen auf sich, nur um diesen Sektor zu erkunden. Das machte ihm die Menschen sympathisch; er selbst war Sietelaner, und nicht umsonst bevorzugte er Mitglieder seiner Rasse neben sich auf der Brücke. Natürlich war ein Famayaner an der Sensorstation auch nicht eben schlecht oder ein Lhalm als Zweiter Offizier, aber …

Ein Pfeifen unterbrach Kral Botmur a Siks Gedankengänge. Die Sensoren meldeten eine Raumstörung irgendwo voraus. Wieder solche verrückten Schmuggler, die glaubten, für sie gelte das Verbot nicht, die Passagen zu benutzen. Man sollte sie einfach durch die Passagen gehen lassen, dachte Kral Botmur a Sik. Irgendwann würden sie in der Raumverzerrung, die sie auslösten, sterben oder aus diesem Universum gefegt werden.

„Bringen Sie uns dahin", befahl der Sietelaner jedoch seinem Steuermann. Schließlich ging es nicht nur um die Schmuggler selbst, sondern auch um die Planeten, die sich in dem so strapazierten Raumgebiet befanden. Auch sie würden eines Tages unter den Störungen leiden.

„Eine zweite Welle!", rief Nera Stegen a Zerkermann aus.

Kral Botmur a Sik sah seine Sicherheitschefin an. „Aus der gleichen Quelle?"

„Ja, Ta'al. Fünfzehn einunddreißig acht eins. Und mit Zeiteffekt diesmal."

„Verdammt!", fluchte der Captain. Wenn die Zeitmatrix in Mitleidenschaft gezogen wurde, war es ernst. Sehr ernst. Der erste Schritt zum Kollaps. Und die Passage, um die es hier ging, war groß genug, dass bei einem Zusammenbrechen der ganze Sektor verseucht werden konnte.

„Verdammt!", wiederholte Kral Botmur a Sik und befahl, zu beschleunigen.

„Ta'al?", meldete sich Talikisi Oina, der am Kommpult stand.

Der Captain drehte sich zu dem Famayaner um. „Ja?"

„Ich empfange ein Signal, Ta'al. Ein Notsignal. Terranische Kennung."

„Terranisch? Wie um alles … Können Sie es unterbrechen?"

„Ja, Ta'al."

„Dann tun Sie's! Sofort! Ich will nicht, dass jemand auf der anderen Seite es hört und nochmal durch die Passage …"

„Neue Welle!", fiel Nera Stegen a Zerkermann ihrem Captain ins Wort. „Stärke acht, Ta'al. Und Zeitversetzung."

„Verdammt nochmal! Was haben die vor?! Steuermann, wir müssen die Terraner abfangen, bevor sie noch mehr Schaden anrichten!"

„Aye, Ta'al! Eh … ich habe ein Schiff in der Ortung. Dreiundachtzig null voraus, Ta'al. Klein. Terranische Kennung."

„Abfangkurs! Und zwar so schnell es geht. Sonst fliegt uns demnächst das Weltall um die Ohren."

*

Die Vorabsonde war heil zurückgekehrt. Sie hatte freien Raum gemeldet. Das erste Shuttle meldete ebenfalls freien Raum, aber es kehrte nicht zurück. Auch das zweite Shuttle kam nicht zurück – Ines Braun sah es in dem Knoten verschwinden, und als der angehaltene Atem in ihrer Brust zu schmerzen begann, kam endlich Nachricht. Ein Hilferuf. Eine Geste von Braun genügte, und das Galaxy Ship tauchte dem Shuttle nach. Es durchbrach den Knotenhorizont, die Brückencrew starrte auf alle verfügbaren Anzeigen und Ines Braun – als Erster Offizier der GS3 Horizon im Moment Kommandant des Schiffes – fühlte jede Regung ihrer Leute. Nichts konnte ihr entgehen. Nichts durfte ihr entgehen. Da waren drei Männer draußen, für die sie die Verantwortung trug.

„Was ist passiert?", fragte Stanislaw Tich beim Eintreten.

Braun wandte sich zum Captain um. „Ein Notruf. Wir sind gefolgt. Wir müssten gleich …" Sie sah auf den Hauptbildschirm. Die Nebel des Knotendurchtritts hatten sich aufgelöst, leerer Raum lag vor ihnen. Ein Sternenmeer prangte wie eine strassbesetzte Stoffkulisse hinter dem Schwarz der Bühne. So nah am Zentrum war die Pracht atemberaubend. Braun sah es, erkannte es. Aber sie konnte es nicht fühlen. Auf der Bühne fehlten die Darsteller: Keines der Shuttles war zu sehen.

„Koordinaten?", fragte Tich.

„Wie berechnet", erwiderte Ardy Kusuma vom Navigationspult her.

„Zeit?", fragte Braun.

„Zeit, Sir?"

Sie sah zu Kusuma „Ja genau: die Zeit. Gibt es einen Hinweis auf eine Änderung im Zeitlauf?"

„Nein, Sir. Nicht … auf den ersten Blick."

„Dann werfen Sie noch drei oder vier weitere Blicke! Irgendwo müssen die Shuttles ja sein. Oder irgendwann."

„Aye, Sir. Sofort, Sir."

Braun spürte Tichs Blick. Sie erwiderte ihn. Er wusste doch, dass die Idee so abwegig nicht war! Wortlos ging Tich in den Captainsraum hinüber, Braun folgte ihm.

Als sie die Tür hinter sich geschlossen hatte, sagte er: „Das ist kein Zeitknoten, Ines, das weißt du."

Sie holte tief Luft. „Ja ich weiß, ich hab's tausendmal durchgerechnet. Aber ich habe keine andere Idee."

„Ein zweiter Ausgang?", schlug Stanislaw Tich vor.

„Auch das hab' ich tausendmal durchgerechnet."

„Ich will dir nicht zu nahe treten, aber du bist Biologin, keine Astrophysikerin."

„Ja, aber diese Formeln kenne ich, Stan, diese Formeln kenn' ich."

„Nur wie gut? Was ist zum Beispiel mit dem Einfluss der Krümmungskonstante, die so konstant erwiesenermaßen gar nicht ist?"

„Ach verdammt, Stanislaw! Ich will doch nur … eine Spur! Eine Idee! Einen Hinweis, wo wir suchen sollen."

Er seufzte. „Ich weiß. Den hätte ich auch gern. Aber deine …"

Die Tür öffnete sich. Braun und Tich drehten sich um. Niemand kam herein. Dann schloss sich der Eingang wieder.

Tich ging zur Tür. Sie öffnete sich. Er trat einen Schritt in die Zentrale hinaus und sah sich fragend um. Die Brückencrew schaute fragend zurück.

„Was ist?", erkundigte sich Braun und kam ebenfalls in die Zentrale.

Tich hob die Schultern.

„Sir, ich habe etwas gefunden", meldete sich Kusuma. „Sie hatten recht. Wir sind nicht dort, wo wir sein sollten. Die Abweichung ist minimal, der Computer hatte sie als Steuerungsfluktuation interpretiert."

„Ursache?"

„Keine Ahnung, Sir. Vielleicht haben wir den Knoten einfach falsch berechnet, irgendwas in den Daten der Föderation übersehen. Oder bei den vielen Datensätzen war ausgerechnet bei dem einen hier ein Fehler drin. Soweit wir wissen, benutzt die Föderation die Knoten nicht als Reisehilfen."

„Okay." Braun versuchte, ruhig zu bleiben. „Was genau ist das für eine Abweichung?"

„Es ist eine minimale Ortsdifferenz. Kaum zu bemerken, die Sternpositionen variieren gegenüber der erwarteten Position."

„Wie viel?"

„Wie viel was?"

„Kilometer. Um wie viele Kilometer sind wir falsch?"

„Das … eh … Sir, das ist schwer zu sagen."

„Wo liegt das Problem?"

„Sir, wir, eh …" Ein schriller Ton unterbrach ihn.

„Was ist das?!", schrie Tich.

Ehe noch jemand antworten konnte, verstummte das Schrillen. Dafür erklang ein Warnsignal von den internen Terminals her. „Umweltkontrolle ausgefallen", meldete der dort stehende Jussef Skah, „auf den Decks zwei, fünf und …" Er sah zu Tich und Braun. „Alles wieder in Ordnung, Sirs."

Ines Braun fühlte, wie ihr übel wurde. Alte Erinnerungen quollen in ihr auf. Neben ihr begann Tich zu husten. Braun wandte sich zu ihm, da versagten ihre Beine. Jetzt roch sie es: Abgase. „Raus", versuchte sie zu rufen, „raus!" Dann wurde ihr schwarz vor Augen.

*

Kral Botmur a Sik wusste, dass terranische Erkunder klein waren. Aber so klein? Er sah auf das Boot im Hangar der Imte Rish und fühlte Hochachtung in sich aufsteigen. Wer mit so etwas einen Knoten durchquerte, hatte Mut. Schon winzige Stabilitätsgradienten genügten, um ein großes Schiff zu stören, bei einem so winzigen Vehikel konnten die Schäden verheerend sein.

An dem terranischen Boot öffnete sich eine Klappe. Botmur a Sik nickte Nera Stegen a Zerkermann zu und die Sicherheitschefin trat an die entstandene Öffnung heran. Sie hielt ihre Waffe im Anschlag. Der Mensch, der aus dem Boot kam, interpretierte die Situation offenbar richtig: Er hatte die Hände erhoben.

Stegen a Zerkermann scannte ihn auf Gefahrenquellen, dann ließ sie ihre Waffe sinken.

Kral Botmur a Sik kam näher und trat dem Menschen gegenüber. Er war deutlich größer als Botmur a Sik und wirkte sehr jung.

„Djormin", sagte der Mensch und streckte die Hand aus. „Pawel Djormin."

Botmur a Sik ergriff die Hand, drückte sie vorsichtig. Er mochte diese Begrüßungsgeste nicht sonderlich, weil er sich immer vorsehen musste, den anderen nicht zu verletzen. Diesmal hatte er wohl die richtige Intensität getroffen, denn Djormin verzog keine Miene.

„Willkommen an Bord", sagte der Captain. „Es tut mir leid, dass wir Sie so unsanft in diesem Sektor empfangen haben, aber Sie waren nahe daran, eine Katastrophe auszulösen."

Djormins Augen weiteten sich.

„Ist ja nochmal gut gegangen", versuchte Botmur a Sik zu beschwichtigen. „Aber …", er machte eine Geste, die den Menschen einlud, ihm zu folgen, „… wir sind ein wenig beunruhigt. Knotenpassagen sind seit Jahrzehnten schon verboten, da sie die Raumstruktur destabilisieren."

„Wo ist unser anderes Boot? Es ist noch eines durchgekommen, ich habe es gesehen. Haben Sie es ebenfalls abgefangen?"

Botmur a Sik sah zu Stegen a Zerkermann. Die schüttelte den Kopf.

„Ich fürchte", erklärte der Captain, „ihr zweites Schiff ist …", er suchte nach einem wenig beängstigenden Wort, „… versetzt worden."

„Wohin?"

„Das wissen wir noch nicht. Unsere Astrophysiker werten die Daten noch aus. Die Passage durch ihr Mutterschiff erschwert die Berechnungen erheblich. Bei einem so großen Objekt sind die …"

Djormin blieb mitten im Schleusenbereich des Hangers stehen. „Moooment mal!" Er sah Botmur a Sik fragend an. „Was meinen Sie damit, dass die Horizon durchgekommen ist? Sie ist nicht da draußen! Oder? So ein Schiff übersieht man doch nicht!"

„Horizon?", fragte Botmur a Sik.

„Ja verdammt! Wo ist sie?! Ich will Ihren Captain sprechen!"

„Ich bin der Captain. Kral Botmur a Sik."

„Kral … Oh." Djormin war sichtlich verlegen. „Entschuldigen Sie, ich weiß natürlich, wer Sie sind. Ich wusste nur nicht …"

„Es ist mein Versehen. Ich vergaß, mich vorzustellen. Die meisten Bürger der Föderation kennen die Imte Rish und damit auch mich."

„Die meisten Terraner auch, Captain. Zumindest dem Namen nach. Sie haben den Erstkontakt hergestellt, sowas bringt einen in die Geschichtsbücher."

„Das hier", stellte Botmur a Sik seine Sicherheitschefin vor, „ist Nera Stegen a Zerkermann. Meine – wie sagt man bei Ihnen? Zweite Hand?"

„Rechte. Es heißt rechte Hand." Djormin nickte der Sietelanerin zu.

Sie erwiderte den Gruß und sagte: „Wir sollten gleich in die Raumkontrolle gehen, vielleicht hat sich schon etwas ergeben, was mit den beiden anderen Schiffen passiert ist."

*

Der Wind hatte sich gelegt. Träge schwappte das Wasser an den Strand, umspülte Rstrs Füße und zog sich ermattet ins Meer zurück. Es nahm den roten Widerschein der Abendsonne mit hinaus, gab ihn an die nächste Welle weiter, und die brachte das Rot zurück, trug es fort, brachte es wieder, trug es fort …

Die Klippen vor der Insel lagen als schwarze Silhouetten im Dunst der nahenden Regenzeit und eine letzte Windböe trug den Geruch nach Feuchte heran.

Rstr ließ die Fühler spielen. Morgen, spätestens übermorgen würde der Regen beginnen.

Ein wehmütiger Schrei flog aus dem Dschungel herüber. Auch die Ksskt spürten die nahe Änderung. Der Regen würde ihr Gefieder durchnässen und mit den Sst-Blüten ihre Nahrungsquellen schließen. Für Rstr hieß das, sehr bald erschöpfte Ksskt und wenig später Sst-

Nüsse ernten zu können. Das Trrk hatte schon den Geschmack gebratenen Fleisches im Mund. Es lächelte.

Rstr wandte sich um. Es sah den Krst aus dem Dschungel stürzen. Das Tier rannte auf das Trrk zu. Kurz bevor es mit Rstr zusammenprallte, stemmte es seine Pfoten nach vorn und bremste. Rstr beugte sich zu dem Krst und kraulte ihm das Fell. Wohlig brummte der Krst.

„Genug geschmust!", entschied Rstr und gab dem Tier einen leichten Klaps. Der Krst sprang wie gestochen ein Stück in die Luft, drehte sich dabei und stob, kaum dass er wieder Sand unter den Pfoten spürte, davon. Er nahm den Pfad zur Klippe. Rstr folgte ihm.

Ein Schwarm Tkt stieg kreischend aus dem Grün der Insel auf und drehte eine Runde über dem Trrk. Rstr sah den Vögeln nach, die in einer Wolke über das Wasser davonzogen, und empfand zum ersten Mal seit einem halben Jahr Bedauern, sich den Tkt nicht anschließen zu können.

Der Krst war zurückgekommen und stupste Rstr fragend an. Das Trrk lächelte: „Ich bleibe, keine Angst." Der Krst hopste ein paarmal hin und her und rannte dann wieder bergauf, um das Trrk am Signalfeuer zu erwarten.

Auf dem Weg zur Klippe brach Rstr einen morschen Ast von einem toten Baum. Bis gestern hatte das Trrk Scheu gehabt, dieses Holz für das Feuer zu nutzen. Eine große Narbe am Stamm des Baumes hatte ausgesehen wie ein Gesicht, wie das Gesicht eines holzgewordenen Geistes. Gestern jedoch war der Krst vor irgendetwas erschrocken, die Baumruine hinauf gesprungen und hatte dabei einen Fühler und die Hälfte der Mundwerkzeuge des hölzernen Gesichtes abgebrochen. Einem Gefühl aus Angst und Erleichterung folgend, hatte Rstr das Gesicht gänzlich zerstört und all die Bruchstücke mit zum Signalfeuer genommen. Die Flammen hatten den angeblichen Geist hell lodernd aufgefressen.

Der Krst saß wie gewohnt vor dem Feuer und starrte in die Flammen. Rstr zerbrach den Ast, den es mitgebracht hatte, und legte ihn zu dem anderen Vorratsholz. Das Trrk prüfte das Blattdach über dem Vorrat und besserte einige Stellen aus. Um sicherzugehen, kontrollierte Rstr auch das Steindach über dem Feuer. Wenn die Flammen vom Regen gelöscht würden, wäre es schwer, ein neues zu entfachen, und konnte man auf dem Festland einen halben Tag lang das Signal nicht sehen, wäre dies das Zeichen für den Stamm, Rstr von der Insel zu holen. Unabhängig davon, ob der Prüfling tatsächlich in Gefahr war.

„Was meinst du?", fragte Rstr den Krst. „Reicht das Holz oder sollen wir noch mehr sammeln?"

Der Krst sah zu dem Trrk auf und legte den Kopf schief.

„Na gut, sammeln wir eben noch ein paar Äste. Komm!"

Der Krst sprang an Rstr hoch und warf es dabei beinahe um. Rstr lachte. Dann, auf der Suche nach geeignetem Brennholz, überlegte das Trrk, ob es das Tier nicht nach dem Prüfungsjahr mit auf das Festland nehmen sollte. Es gab hier keine anderen großen Fellträger, denen sich der Krst anschließen konnte, er wäre ziemlich einsam, bis der nächste Prüfling kommen würde. Andererseits durfte man nichts von der Insel mitnehmen, außer den Erfahrungen, die man gesammelt hatte. Vielleicht, dachte Rstr, war der Krst ja Bestandteil der Prüfung, um zu sehen, ob sich das Erwachsene an die Regeln des Stammes halten konnte, auch wenn es ihm Schmerzen bereitete. Und den Krst zurückzulassen würde Rstr wehtun.

Das Trrk schüttelte die Gedanken ab. Sie hatten noch Zeit, ein halbes Jahr. Jetzt war es wichtiger, das gesammelte Holz irgendwie trocken zu halten während der Regenzeit. Am besten wäre es, ein zweites Steindach in der Nähe des Signalfeuers zu errichten. So könnte man die Wärme der Flammen zum Trocknen nutzen, ähnlich wie es Rstr in der Hütte am Kochfeuer tat.

Rstr legte etwas Holz nach. Funken stoben in den Nachthimmel über der Klippe. Ein fallender Stern zog hoch oben seine eilige Bahn, und Rstr dachte einen Moment daran, dass doch noch gar nicht die Zeit der Sternschnuppen war, und dann dachte es, dass dieser Stern irgendwo jenseits der Insel im Meer verglühen würde, und dann ging das Trrk in seine Hütte zurück und legte sich schlafen.

Drückende Schwüle weckte das Trrk. Der Krst stand in der Tür und wedelte aufgeregt mit dem Schwanz. Rstr rappelte sich auf, nahm eine Tsstkrs-Frucht vom Lager und warf sie dem Krst zu. Gierig schlug das Tier seine Zähne durch die ledrige Schale und begann zu fressen. Ein neuer Tag des Prüfungsjahres hatte begonnen.

Gegen Mittag, Rstr hatte gerade den Bau des zweiten Steindaches beendet, frischte der Wind etwas auf. Das Trrk setzte sich neben das Signalfeuer und sah zum Festland hinüber. Es schien so unerreichbar fern, fast unwirklich, wie ein Traum, eine Erinnerung an Geborgenheit.

Rstr seufzte. Es wusste, dass diese Sehnsucht während der Regenzeit noch stärker werden würde. Gut, dass es den Krst gab. Er war ein, wenn auch unvollkommener, so doch treuer Gefährte. Rstr dankte im Stillen demjenigen, der das Tier auf die Insel gebracht hatte – wer auch immer das gewesen sein mochte.

Und dann dachte das Trrk plötzlich, dass der Krst ja genauso gut ein fleischgewordener Geist sein konnte, der dem Prüfling im Einsamen Jahr beistehen wollte.

In diesem Moment fiel Rstr auf, dass der Krst nicht an seiner Seite war. Es rief nach ihm, bekam aber keine Antwort. Stattdessen kreischten ein paar Tkt. Danach herrschte Totenstille.

Rstr rief noch einmal nach dem Krst. Die Vögel setzten wieder mit ihren Gesprächen ein, doch der Krst erschien noch immer nicht. Das war ungewöhnlich, denn normalerweise entfernte sich das Tier nie außer Rufweite. Selbst dann nicht, wenn Rstr durch den Dschungel streifte und der Krst sich im Unterholz herumtrieb. Diesmal hatte er sich aber offenbar zu weit fort gewagt.

Rstr hoffte, dass das Tier schon zur Hütte gelaufen war, und machte sich auf den Heimweg. Doch der Krst war nicht dort. Und er kam auch nicht, als Rstr nach ihm rief, ihn lockte, ihm drohte.

Das Trrk trat vor die Hütte und lauschte in den Dschungel. Im ersten Moment schienen die Geräusche wie immer. Nach einer Weile jedoch glaubte Rstr, einen fremden Rhythmus im Wechsel der Stimmen zu hören. Aufgeschreckt kreischten die Tkt, dann herrschte sekundenlang Stille, ehe langsam wieder die klagenden Töne der Ksskt einsetzten.

Irgendetwas war im Wald. Ein Raubtier? Unmöglich: Kein Landtier konnte die Strecke vom Festland bis zur Insel schwimmen.

Aber was war es dann? Ein Geist? Der Geist aus dem toten Baum vielleicht. Vielleicht war er böse darüber geworden, dass der Krst sein Gesicht zerbrochen hatte und war gerade dabei …

Rstr rannte los. Es brach wie der Krst durch das Unterholz, schreckte die Vögel, kleine Fell- und Schuppentiere auf. Und dann stolperte es fast über den Krst.

Der Krst sah auf und knurrte das Trrk böse an. Rstr redete auf das Tier ein, doch nur langsam beruhigte es sich. Schließlich ließ es sich von Rstr kraulen.

„Wo warst du bloß?", fragte Rstr erleichtert. „Du hast mir Sorgen gemacht, weißt du?"

Der Krst entzog sich Rstr und ging zu einem umgestürzten Baum, verschwand dahinter. Das Trrk folgte ihm. Es sah den Krst an irgendetwas fressen und trat näher. Es sah eine riesige Wunde, in der der Krst wühlte, und wandte sich würgend ab.

Dann realisierte Rstr, dass das Tier, an dessen Leiche der Krst fraß, nicht auf die Insel gehörte.

Rstr zwang sich, hinzusehen. Es handelte sich zweifellos um einen Weichhäuter und die Haare am Hinterkopf des toten Tieres wiesen es als Fellträger aus. Aber alles andere war überaus seltsam.

Außer dem Kopf schien die Haut des Tieres unbedeckt zu sein. Zudem war sie auffallend farbig, wie das Gefieder mancher Vögel. Am Körper und den abgespreizten Vorderbeinen war sie kräftig blau, an den Hinterbeinen schwarz. Auch die Hinterpfoten des Tieres waren schwarz. Gerade schlug der Krst seine Zähne hinein, biss dann in eines der Vorderbeine und zerrte daran.

Rstr scheuchte den Krst beiseite und drehte das tote Tier um. Unter der Leiche wimmelten Kleintiere. Sie hatten das Gesicht des Wesens schon zerfressen, stellenweise bis auf den Schädel abgenagt.

Rstr musste sich übergeben. Der Krst bellte erschreckt. Das Trrk stand auf und ging davon. Was immer dieses Tier gewesen war – Rstr wollte seine Reste nicht mehr sehen. Mochte es den Aasfressern als Nahrung dienen.

Rstr rief nach dem Krst, der knurrte unwillig, kam aber mit zur Hütte zurück. Unterwegs pflückte Rstr ein paar

Früchte, damit es vor dem Abend nicht noch einmal in den Dschungel musste.

In dieser Nacht schlief das Trrk schlechter denn je in seinem Leben.

Am nächsten Morgen fühlte es sich wie zerschlagen. Die Sonne stand schon so hoch, dass sie die Lichtung vor der Hütte beleuchtete. Der Krst war verschwunden, vielleicht zu dem toten Bunthäuter, um zu fressen. Rstr versuchte, nicht daran zu denken.

Das Trrk ging auf die Klippe. Das Signalfeuer brannte ruhig und hell. Rstr legte Holz nach. Ein Regentropfen fiel klatschend auf das Steindach, ein zweiter schlug genau zwischen Rstrs Fühler. Ein dritter traf einen Blattziegel über dem Vorratsholz. Und dann begann die Regenzeit.

*

Ines Braun löste den Blick vom Bildschirm und rieb sich die Augen. Nichts. Keine Spur von einem der beiden Erkunder.

„Das war der letzte Mond, Sir", sagte Kusuma.

„Wo ist das nächste System?"

„38-12-568, Sir."

Braun sah zu dem Piloten. Er war bereit, einen Kurs zu setzen, sie konnte das förmlich spüren. Sie konnte aber auch spüren, dass er keine Hoffnung mehr hatte. Und er war nicht der Einzige, dem es so ging, auch wenn niemand das wirklich zugeben wollte. Aber sie suchten nun schon seit fast drei Wochen nach den verschollenen Erkunder-Shuttles und hatten dabei einen so großen Bereich durchforscht, dass die Kartografen und Planetologen Stoff für Monate oder gar Jahre hatten.

Sie atmete tief durch. Nein, es war aus. Die drei Männer waren verloren. Selbst wenn sie noch lebten – irgendwo –, Braun konnte nicht weiter nach ihnen suchen lassen, ohne die Rückkehr der Horizon zu gefährden. Sie mussten den Heimweg antreten, von hier aus Richtung Erde. So wie es geplant war.

„Setzen Sie den Missionskurs!", sagte Ines Braun und stand auf, um hinaus zu gehen.

„Sir?", hielt Kusuma sie zurück.

Sie drehte sich zu ihm, sah ihn sie anstarren. Jeder auf der Brücke starrte sie an. „Tut mir leid", erwiderte sie die fassungslosen Fragen. „Wir schaffen es nicht zurück, wenn wir … so weitermachen."

„Captain, wir …", setzte Tineko Sanchez an.

„Ich weiß", unterbrach sie Braun. „Aber wir können nichts mehr tun. Lassen Sie uns den Rest der Mannschaft nach Hause bringen … Übernehmen Sie, XO!"

„Aye, Sir", bestätigte Sanchez und nickte Kusuma zu. Der begann, den Heimatkurs zu bestimmen.

Ines Braun ging ins Captainszimmer und setzte sich in den Besuchersessel. Sie drehte sich das Mobile Terminal herüber, aktivierte es aber nicht. Sie starrte auf das dunkelgraue Gehäuse des Moterm und fühlte sich leer.

Da war es wieder. Ihr Karma. Sie hatte sie hinausgeschickt. Erst Pawel Djormin, dann Gordon Puchelle und Tatum Kahal. Sie hatte die GS3 durch den Knoten geschickt. Das hatte – soweit wussten es die Experten immerhin – irgendwie die Schiffselektronik beeinträchtigt. Bevor die Selbstreparaturen richtig greifen konnten, waren vier Menschen an Bord in Folge der Defekte gestorben.

Stanislaw Tich war gestorben.

An fehlgeleiteten Recyclingabgasen.

Und es war ihr Befehl gewesen. Ihrer, Ines Brauns Befehl.

*

Der Regen war still und stetig. Der Krst trottete neben Rstr her und sah ab und an zu dem Trrk auf. Rstr reagierte darauf, indem es gelegentlich den Kopf des Tieres tätschelte.

Das Trrk und sein Gefährte gingen landeinwärts. Rstr versuchte, nicht an das tote Tier zu denken, das hier irgendwo in der Nähe lag. Oder vielmehr, dessen Reste hier liegen mussten. Stattdessen grübelte das Trrk an dem äußerst belanglosen Thema herum, ob der Krst zufrieden war. Auf dem Festland war der Beginn des Regens auch die Zeit, in der sich viele Weichhäuter paarten. Vielleicht war der Krst ja deshalb so ruhig, weil er instinktiv ein Weibchen vermisste.

Die Trennung der Geschlechter bei Weichhäutern war ein Phänomen, über das Rstr oft nachdachte. Eigentlich war diese Trennung doch uneffektiv. So brauchten diese Tiere oft spezielle Fähigkeiten, nur um einen Paarungspartner des jeweils anderen Geschlechtes zu finden. Und trafen dann mehrere Tiere zusammen, musste durch Balzrituale der bevorzugte Partner gefunden werden. Die abgelehnten Partner wurden aus der Fortpflanzungskette ausgeschlossen. Wären sie Zwitter, könnten sich wenigstens noch die zweit- und drittstärksten, viert- und fünftstärksten und so weiter paaren. Es gäbe mehr Nachwuchs.

Andererseits – so überlegte Rstr, nur um die Erinnerung an das zerfressene Gesicht zu übertönen – konnte das Prinzip von männlichen und weiblichen Individuen nicht gänzlich falsch sein. Immerhin trat es bei den meisten Tieren auf. Genau genommen bei allen größeren Tieren außer den Ksssk. Fast schien es, als wollten die Schöpfer damit zeigen, dass die Hüllentiere etwas ganz Besonderes waren. Nun – die Trrk, die ja auch zu den

Ksssk gehörten, waren es auf jeden Fall: Sie wussten von den Schöpfern und konnten ihnen danken.

Ein Tier huschte vor Rstr über den Weg und schreckte das Trrk auf. Der Krst bellte halbherzig und sah zu Rstr auf.

„Wir sind gleich da", sagte das Trrk. „Und wir bleiben auch nicht lange. Ich muss nur prüfen, wie reif das Korngras ist."

Rstr spürte den Ort mit dem toten Bunthäuter hinter sich liegen und erinnerte sich, wie es das Korngras gefunden hatte. Rstr hatte in den ersten Tagen des Prüfungsjahres die Insel erkundet und auf dieser Seite einen Hügel bestiegen. Auf dessen Kuppe hatte sich die Lichtung aufgetan und Rstr hatte verwundert ein ganzes Feld mit vorjährigem Korngras entdeckt. Erst hielt Rstr es für einen erfreulichen Zufall. Inzwischen vermutete es darin ein heimliches Geschenk der Prüflinge vor ihm.

Der Dschungel öffnete sich und gab den Blick auf das Feld frei. Es wogte gelb und lockend. Der Krst lief mit hohen Sprüngen mitten hinein.

„Komm zurück!", rief Rstr. „Du zertrittst ja alles!"

Den Krst interessierte das nicht, er tobte weiter durch das Gras.

Rstr brach eine Ähre am Rand des Feldes und öffnete eines der Körner. Es war schon mehlig, doch noch nicht ganz ausgereift. Rstr würde das Getreide in wenigen Tagen ernten können. Zur Kontrolle wollte Rstr eine zweite Ähre prüfen. Er streckte die Hand aus und erstarrte: An vielen der Halme waren die Ähren abgebrochen.

Rstr beugte sich hinab. Es gab keinen Zweifel. Die Halme waren gebrochen. Nicht abgerissen, nicht abgebissen, sondern einzeln abgebrochen worden.

Das Trrk richtete sich auf und sah sich aufmerksam um. Doch bis auf den Krst, der immer noch durch das

Gras hopste, und einen Ksskt, der über der Lichtung kreiste, konnte Rstr kein Tier entdecken. Und nichts deutete auf die Gegenwart eines Geistes hin. Obgleich Rstr nicht hätte sagen können, wie sich so eine Präsenz äußerte, war es sich auch darüber sicher. Und das war das eigentlich Beunruhigende.

„Komm her!", rief Rstr dem Krst zu und wider Erwarten kam das Tier mit Riesensprüngen übers Feld gerannt. Es setzte sich auf die Hinterpfoten und sah fragend zu Rstr hoch.

„Komm her, wir sehen uns mal die alte Hütte an", sagte Rstr und ging am Feldrand entlang.

In einer Bucht der Lichtung standen die Überreste einer Unterkunft. Von den Wänden war nur die löchrige Rückfront übrig geblieben, das Flechtwerk der Seiten lag morsch am Boden. Nur die Eckpfosten und das massive Holzdach hatten den vergangenen Jahren standgehalten. Rstr überlegte, ob es die Hütte reparieren sollte, um sie als Zwischenlager für Holz oder das Getreide nutzen zu können. Oder als Unterkunft für die Erntezeit. Rstr könnte hier schlafen, das Korngras hier dreschen und hätte so weniger in seine eigene Hütte zu tragen.

Rstr schaute nach der alten Feuerstelle. Die Steinfläche schien intakt zu sein. Holzreste befanden sich darauf, sogar Asche. Das sollte sie nicht. Sie hätte längst verweht sein müssen. Das Trrk legte prüfend die Hand auf die Steine und spürte einen Hauch Wärme. Hier hatte vor einigen Stunden noch ein Feuer gebrannt.

Rstr sah sich in der Hütte um, erkannte jetzt, wo es danach suchte, auch andere Anzeichen für die Gegenwart von … ja wovon eigentlich? Ein Tier hätte kein Feuer entzündet und auch ein Geist hätte das sicher nicht getan. Ein weiteres Trrk? Vielleicht ein Ausgestoßenes. Oder ein Prüfling eines anderen Stammes. Nein, jeder Stamm hatte seine eigene Einsame Insel.

Der Krst knurrte drohend. Rstr tauchte aus seinen Gedanken auf und sah nach, was das Tier aufregte. Es war ein Stein, der auf dem notdürftig reparierten Lagergestell lag. Rstr hob ihn auf. Er fühlte sich kühl an und glänzte mattweißlich. Der Stein war oval und lag angenehm in der Hand. Rstr steckte ihn ein.

Der Krst stupste Rstr an und blickte fordernd in die Richtung, wo das Signalfeuer brannte.

„Wir gehen gleich", beruhigte Rstr das Tier. „Ich will nur noch mal sehen, ob …" Es ließ den Satz unvollendet, denn eigentlich wusste es selbst nicht, wonach es noch suchte. Es glaubte, einen Fußabdruck entdeckt zu haben, erkannte dann aber, dass es dem Schattenspiel der Äste über der Hütte aufgesessen war, und richtete sich auf. Der Krst nahm das als Signal, sprang senkrecht in die Höhe, landete und stürmte Richtung Klippe davon.

Der Himmel war blutrot, als Rstr am Signalfeuer ankam. Die Flammen waren klein geworden und tauchten das Plateau in ein koboldisches Licht. In den Fugen der Holzstapel schienen Tierchen hin und her zu huschen. Ein Aststück lag zwischen Vorrat und Feuer und warf einen schwarzen, unruhigen Schatten.

Der Krst drückte sich eng an Rstr und äugte ängstlich zu den Büschen am Plateaurand. Auf deren Blättern summte der Nieselregen. Leise Geräusche, die hätten Gefahr ankündigen können, verschwanden in dem Rauschen.

Rstr, der unterwegs Holz gesammelt hatte, schichtete es nun unter das neue Steindach nah am Feuer. Von dem Vorrat aus dem Sommer holte das Trrk ein paar Aststücke, um damit das Signalfeuer zu füttern. Es trug die Stücke zu den Flammen … und sah, dass bereits jemand Holz nachgelegt hatte. Derjenige musste es erst vor Kurzem von dem frischen Stapel genommen haben, denn das Feuer hatte dieses Holz noch nicht erfasst. Ab und zu knackte das Holz in den Flammen und eine kleine Wolke verdampfenden Saftes puffte in die werdende Nacht.

Rstr starrte in die Flammen, die sich mit dem frischen Holz mühten. Der gelbrote Schein brach sich in den Kratzern auf den Augenschalen des Trrk und wob dabei ein Netz aus feinen Reflexen, hinter deren Schleier sich irgendetwas Unheimliches verbarg.

Das Trrk ließ seine Fühler spielen. Die Luft roch nach Regen und nassem Rauch, ein wenig nach Meer und ein wenig nach wundem Holz. Alles schien friedlich. Zu friedlich. Einlullend friedlich. Das machte Rstr Angst. Zum ersten Mal, seit es auf der Insel war, hatte Rstr wirkliche, lähmende Angst. Der Gedanke, das Signalfeuer einfach zu löschen und damit die Alten zu rufen, wurde so stark, dass Rstr ihn fast greifen konnte. Schon sah es sich Wasser in die Flammen schütten, da riss das Trrk sich aus der Trance und lief zur schützenden Hütte.

Rstr träumte von dem toten Baum. Das Gesicht, das der Krst zerbrochen hatte, fügte sich aus Fetzen schwarzer Nacht neu. Winzige Flammen entzündeten sich auf dem morschen Holz und gaben ihr Leben an die Augen des Gesichtes weiter. Rstr wusste plötzlich, dass dies der Prüfungsgeist war, von dem sich die Kinder in den Regennächten zuraunten und über den die Erwachsenen bedeutungsvoll schwiegen. Kein Trrk, das auf der Einsamen Insel gewesen war, durfte je über diese Zeit sprechen, und doch wussten alle, dass es die stoffgewordenen Geister waren, die das Erwachsensein eines Trrk testeten.

Es hatte Trrk gegeben, die dabei starben.

Rstr fühlte, dass es eins davon sein würde. Die helle Hand des Geistes griff nach seinem Herzen, um es zu zerdrücken. Das Trrk rang nach Atem, als durch einen Windhauch die flammenden Augen aufloderten und das Gesicht des felltragenden Geistes bis auf den Schädel abfraßen. Das klumpige Gesicht öffnete sein Maul und begann zu lachen und lachte und lachte …

Rstr fuhr auf. Der Boden vor der Hütte dampfte in den Nieselregen hinein und der Krst stand in der Tür und bellte.

Das Trrk atmete ein paarmal tief durch, um die Benommenheit zu vertreiben. Der Krst sprang aufgeregt herum, als könne er sich nicht entscheiden, ob er in die Hütte hinein oder in den Regen hinaus wollte. Rstr erhob sich. Es spürte Tau in den Fühlern und streifte die Nässe ab.

Der Krst sprang senkrecht in die Höhe und stürzte davon. Rstr trat aus der Hütte und sah das Tier gerade noch im Unterholz verschwinden. Es wollte wohl zum Strand. Rstr nahm den bequemen Weg hinunter, trotzdem war das Tier schneller und wartete schon auf das Trrk.

Es hatte etwas gefunden. Etwas Großes. Rstr ging näher heran. Der Krst bellte. Das große Etwas bewegte sich. Eine Woge rollte über den Strand und spülte den Sand von dem Etwas.

Es war ein Bunthäuter.

Rstr fühlte Angst und zugleich Neugier. Dieser Bunthäuter schien lebendig. Er hatte die gleiche Größe wie das tote Tier im Dschungel, die gleiche Figur, ähnlich langhaariges Fell am Hinterkopf. Nur die Farbe der Haut war anders.

Rstr hatte wieder das zerfressene Gesicht des anderen Bunthäuters vor Augen. Es kostete ihn Überwindung, dieses Tier auf den Rücken zu drehen. Dabei fühlte Rstr die türkisfarbene, nackte Haut des Körpers. Sie war weich und kühl und irgendwie lose. Als hätte sie sich vom Fleisch gelöst. An den Vorderfüßen war das Tier bräunlich hell und von feinen Härchen bedeckt.

Das Gesicht des Bunthäuters war ebenfalls hell. Über den Augen und dem Maul lag dichter Pelz, der obere Teil des Gesichtes war haarlos, auf dem unteren sprossen schütter schwarze Borsten. Der Krst schnüffelte daran. Der Bunthäuter drehte den Kopf. Dabei löste sich der oberste Rand seiner Türkishaut vom Hals. Rstr erwartete, rohes Fleisch zu sehen, oder junge, noch rosige Haut. Stattdessen quoll dünnes krauses Fell darunter hervor.

Rstr beugte sich tiefer. Kein Gedanke mehr an Gefahr, nur noch Neugier beherrschte des Trrk. Es sah, dass der Riss in der Türkishaut einer dünnen Linie folgte, die sich an der Bauchseite des Tieres vom Hals bis zum Wechsel zum Schwarz des Hinterkörpers hinzog. Außerdem gab es zwei weitere Linien in der Türkishaut der Brust, in Höhe der Armansätze. Und eine seltsame ovale Zeichnung unterhalb der rechten dieser Linien.

Der Krst stippte seine Nase an den Körper des fremdartigen Weichhäuters und heulte erschreckt auf. Er sprang davon.

Rstr entdeckte eine zweite ovale Zeichnung auf einem der Vorderbeine des Bunthäuters. Das Trrk erinnerte sich nicht, je etwas Vergleichbares bei einem Tier gesehen zu haben. Und ganz offensichtlich war dieser bunte Weichhäuter auch sonst mit nichts zu vergleichen.

Das Wesen bewegte sich wieder. Dabei legte es eines der Vorderbeine auf seinen Körper und verdeckte so das ovale Mal. Rstr bestaunte die Feingliedrigkeit der Pfoten. Sie mochten sich gut zum Klettern eignen. Oder eher noch dazu, Nahrung festzuhalten, denn mit den klobig verhärteten Hinterpfoten konnte sich das Tier unmöglich in den Baumwipfeln bewegen.

Der Bunthäuter krallte seine Vorderpfote in die türkisfarbene Haut. Sie riss entlang der Bauchlinie weiter auf und noch mehr von dem dünnen Fell quoll darunter hervor.

Vielleicht, so überlegte Rstr, war die Haut ja nur der Rest einer Verpuppung. Normalerweise durchlebten Weichhäuter zwar keine Metamorphosen, nicht einmal verborgene wie die Ksssk, doch dies hier war eben kein normaler Weichhäuter.

Rstr spürte den Krst um seine Beine streifen. Das erinnerte das Trrk daran, dass es den Bunthäuter noch immer anstarrte. Dann dachte es, das Wesen betrachtend, dass vielleicht der Geist aus dem toten Baum in dieser seltsamen Gestalt zurückgekehrt war. Ja. Ja, das musste der Prüfungsgeist der Insel sein. Und das hier war ein Test. Aber … was erwartete der Geist nun von dem Prüfling? Das Wesen war im Augenblick sehr hilflos und sehr verletzlich. Sollte das die Chance sein, eine Gefahr zu beseitigen, ehe sie eine Gefahr wurde? Oder sollte Rstr das Wesen retten? Überlebenstraining oder Mitgefühl?

Rstr entschloss sich zu Zweiterem. Auch wenn ihm klar war, dass der Bunthäuter, sollte er gesund werden, immerhin das zweitstärkste Wesen auf der Insel sein würde. Um einiges schwächer als das Trrk zwar – Weichhäuter waren immer um einiges schwächer als Hüllentiere vergleichbarer Größe – doch andererseits entwickelten Weichhäuter mitunter eine beachtliche Schläue.

Dieser Weichhäuter entwickelte im Moment gar nichts. Er ließ sich widerstandslos zur Hütte tragen und auf einen Haufen trockenen Laubes legen.

Als Rstr am Abend zurückkehrte, schien der Bunthäuter sich nicht bewegt zu haben. Er lag auf dem Rücken auf dem aufgeschütteten Laub und atmete rasselnd. Es klang beängstigend. Rstr wusste nicht, wie der Atem des Bunthäuters hätte klingen sollen, aber so sicher nicht.

Rstr ließ den Sammelbeutel achtlos mitten in die Hütte fallen und stürzte zu dem Prüfungswesen. Feuchtigkeit perlte auf dessen Stirn. Reflexartig schaute Rstr nach oben. Das Hüttendach war dicht. Es konnte also Schweiß sein. Rstr hatte noch nie einen Weichhäuter so heftig schwitzen sehen. Und es hatte noch nie diesen eigenartigen Geruch wahrgenommen, den dieser Bunthäuter jetzt verströmte.

Rstr ließ seine Fühler spielen. Der Geruch war nicht nur eigenartig, er war auch unangenehm. Rstr holte ein Büschel Trockenfasern vom Regal und wischte damit dem Bunthäuter den Schweiß von der Stirn. Das Wesen gab einen schwachen unwilligen Laut von sich, blinzelte und drehte den Kopf weg. Und als sei diese Bewegung schon zu viel gewesen, schlief das Wesen sofort ein.

Rstr richtete sich auf. Das Rasseln im Atmen des Bunthäuters hatte nachgelassen. Das Trrk dachte plötzlich daran, dass der Bunthäuter seit mindestens einem Tag nicht gefressen hatte. Wenn er aufwachte, musste er unbedingt etwas Nahrung zu sich nehmen. Aber welche? Rstr räumte seinen Sammelbeutel aus und überblickte die Ernte. Es waren viele Ssks darunter, reife, saftige Früchte, die leicht verdaulich waren. Die meisten Weichhäuter mochten jedoch keine Ssks. Tsskr dagegen wurde oft als nahrhafter Futterzusatz verwendet, war dafür aber viel zu schwer für einen kranken Körper. Rstr wog eine der Tsskr-Früchte in der Hand und überlegte, ob es das Risiko eingehen sollte. Da stupste es der Krst an und blickte fordernd zu Rstr auf.

„Hier", sagte Rstr und legte die Frucht auf den Boden. Der Krst machte sich sofort darüber her.

Rstr schälte eine Ssks und schnipselte etwas Fruchtfleisch auf einen Teller. Klebriger Saft lief dem Trrk dabei über die Finger und tropfte auf den Boden. Der Krst schnüffelte daran und sprang jaulend fort. An der Tür drehte er jedoch um, holte seine Tsskr-Frucht und trottete damit hinaus. Rstr sah, wie sich das Tier unter dem Vordach ausstreckte und wie beiläufig an der Frucht herumknabberte.

Rstr lächelte flüchtig, sah dann forschend zu dem Bunthäuter hinüber. Der schlief ruhig. Rstr stülpte einen Korb über den Teller mit den Fruchtstücken und setzte sich an den Flechtrahmen. Es brauchte bald einen neuen Sammelbeutel, einen größeren, jetzt, wo es noch einen zusätzlichen Esser zu ernähren hatte. Und das hieß – stellte Rstr mit einem Blick auf den Trocken-Faser-Vorrat fest – demnächst frischen Trrs ernten zu müssen, die Stiele zu klopfen, zu trocknen und zu kämmen. Arbeit, die Zeit kosten würde. Zeit, die Rstr jetzt besser für die Nahrungssuche verwendet hätte, damit es einen Vorrat für die letzten harten Wochen des Regens anlegen konnte. Nun – zum Glück gab es noch das Korngras, es würde ihm über diese Zeit hinweghelfen.

Rstr seufzte in stiller Dankbarkeit für seine Prüfungsvorgänger, die das Feld angelegt und weitergeführt haben mussten, griff nach einem Bündel Fasern und begann, Schnüre für einen neuen Sammelbeutel zu flechten.

Wenig später brach die Nacht über die Insel herein. Rstr rief den Krst in die Hütte, verhängte die Tür und entzündete auf ein paar Zweigen das Feuer. Solange die Flammen noch Licht spendeten, arbeitete Rstr weiter, streichelte ab und zu den Krst, der neben ihm saß, und warf gelegentlich einen Blick zu dem Bunthäuter.

Dann war das Feuer zur Glut geschrumpft und Rstr legt
sich auf sein Bett. Es dachte noch, dass auch die Fasern
der Schlafstelle bald ausgetauscht werden mussten, und
dann schlief Rstr ein.

Rstr erwachte von einem unerträglichen Gestank. Im
ersten Moment wusste das Trrk nicht, wo es war, dann
vermutete es, der Krst hätte in die Hütte gekotet, und
dann fiel Rstr ein, dass das Tier so etwas noch nie gemacht hatte. Und dann erst dachte Rstr an den Bunthäuter. Es sprang auf und lief zu dem Wesen. Der Gestank
kam tatsächlich von ihm. Rstr sah einen großen dunklen
Fleck an dessen Unterkörper.

Ohne lange zu überlegen, hob Rstr den Weichhäuter
auf und trug ihn zum Strand. Es achtete dabei nicht auf
die schwache Gegenwehr und ließ das Tier einfach ins
flache Wasser fallen.

Der Bunthäuter drehte sich prustend um, so dass sein
Kopf über die Wasseroberfläche kam. Rstr sah auf ihn
herab. Irgendwie hatte das Trrk den Eindruck, etwas tun
zu müssen, doch es wusste nicht, was. Denn obwohl alles dafür sprach, dass der Gestank von Kot und Urin her-
rührte, hatte Rstr keine Reste davon an dem Tier festge-
stellt. Und als Rstr sich darüber wunderte, fiel ihm auch
auf, dass es an der bunten Haut keinerlei Ausscheidungs-
öffnungen gesehen hatte.

Das Wesen bewegte sich mit den Wellen. Die Kraft
des heranrollenden Wassers nutzend, griff es in der Nähe
des Halses in den Hautriss. Es zog an der Türkishaut
und sie öffnete sich entlang der Bauchseite. Mit sicht-
barer Anstrengung zog der Bunthäuter am Übergang
zur Schwarzhaut. Die Türkishaut gab nach. Sie glitt ein
Stück unter der Schwarzhaut hervor. Dann endete sie
plötzlich. Der Bunthäuter zerrte die Türkishaut gänzlich

hervor. Sie flatterte im Wasser. Das Tier drehte sich ächzend, nestelte an seinen Handgelenken und streifte dann die gesamte Türkishaut ab.

Rstr spürte sich sekundenlang haltlos, so haltlos wie der türkisfarbene Fleck, der im Wasser schwebte und mit den Wellen Richtung Strand schwappte.

Doch damit nicht genug: Der Bunthäuter streifte auch die Schwarzhaut ab. Und die Fußschalen. Und das Stück hellblauer Haut, die unter der schwarzen verborgen gewesen war. Kraftlos schwenkte der Bunthäuter dieses Stück im Wasser. Bräunlich wolkte Kot daraus hervor.

Dann sah Rstr, dass der Weichhäuter männlich war. Die Geschlechtsteile waren von dunklem Fell eingerahmt, als sollten sie dadurch besonders betont werden. Doch wenn dem so war, warum waren sie dann vorher unter zwei Schichten bunter Haut verborgen gewesen? War es überhaupt Haut? Rstr fischte die treibende Schwarzhaut aus dem Wasser. Sie fühlte sich geschmeidig an und schien auch jetzt, nach dem Ablösen, noch recht stabil zu sein.

Der Krst sprang platschend heran. Im Maul trug er eine der Fußschalen. Rstr nahm sie ihm ab. Es schüttete das Wasser aus und betrachtete die Schale. Sie war an der Oberseite biegsam wie ein junger Panzer, an der Sohle befand sich eine eigenartig elastische Schicht.

Der Bunthäuter hustete. Er hatte wohl Salzwasser geschluckt. Rstr hob ihn auf und trug ihn an den Strand. Dort legte es ihn ab, watete zurück und griff die Bunthaut. Es schwenkte sie ein paar Mal im Wasser, um sie zu reinigen. Dann nahm es die nassen Hüllen, hob den nun hellhäutigen, kaum behaarten Weichhäuter auf und ging zur Hütte zurück. Dort trocknete es das Wesen mit Trrs-Fasern und breitete die Hüllen zum Trocknen um die Feuerstelle herum aus.

Noch ehe Rstr das Feuer entfacht hatte, war der Weichhäuter eingeschlafen. Rstr legte ein paar Trockenfasern schützend über den Körper des Prüfungswesens. Dann ging das Trrk, um das Signalfeuer zu versorgen.

Später sah es nach dem Feld, sammelte Früchte, schnitt Trrs in der Bucht. Bei all dem beschäftigten sich Rstrs Gedanken ständig mit dem Prüfungswesen.

Die bunten Hüllen könnten das sein, was die Jäger Kleidung nannten. Die Jäger kamen weit herum und manchmal trafen sie Trrk, die ihre Körper mit so etwas bedeckten. Rstr fand das albern, denn bis auf den Schweißfleck war der Panzer doch der beste Schutz vor allem. Die Jäger sagten, dass der Panzer der Kleidung tragenden Trrk dünner sei als der der Trrk der Zehn Stämme. Aber von so einem Wesen wie dem Bunthäuter hatten auch die Jäger noch nichts erzählt.

Wenn der Prüfungsgeist testen wollte, ob Rstr die Medizin beherrschte, war es unfair, ihm ein fremdes Wesen vorzusetzen. Was einem Trrk half, konnte einen Weichhäuter töten und umgekehrt. Wenn sich der Geist wenigstens in ein Tier verwandelt hätte, das Rstr kannte! Aber so etwas …

Wieso eigentlich hatte der andere Bunthäuter sterben müssen? War dem Prüfungsgeist ein Fehler unterlaufen und er konnte den anderen Körper nicht benutzen? War ein Geist überhaupt fehlbar?

Wenn der Bunthäuter nicht bald etwas aß, würde er verhungern.

Wie mochte wohl ein weiblicher Bunthäuter aussehen? Legten Bunthäuter Eier oder gebaren sie ihre Jungen wie Felltiere? ‚Unsinn!‘, schalt sich Rstr, als es bei diesen Überlegungen gerade die Hütte betrat. ‚Wenn es ein fleischgewordener Prüfungsgeist ist, gibt es vielleicht gar keine anderen Wesen wie dieses.‘ Das Tier sah wirklich nicht so aus, als könne es noch mehr von dieser seltsamen Art geben.

Im Moment sah es sogar so aus, als würde selbst dieses Tier bald aufhören zu existieren. Der Bunthäuter war krank, er schwitzte. Die Zudeckfasern waren von seinem Körper gerutscht.

Rstr tupfte dem Bunthäuter den Schweiß ab. Vielleicht sollte es ihm seine Hüllen wieder überstreifen? Sie waren inzwischen getrocknet, doch Rstr wusste nicht, wie es dem Wesen die Kleidung anlegen sollte. Also breitete es Türkis- und Schwarzhaut nur über dem Schlafenden aus und ging wieder zur Bucht, um Trrs zu ernten.

Gegen Mittag beschloss Rstr, den Bunthäuter zu füttern. Das Wesen schluckte die Fruchtstückchen ohne Widerstand. Vorsichtshalber blieb Rstr bei ihm, doch auch nach einer Weile sah es nicht so aus, als hätte die Tsskr dem Bunthäuter geschadet. Also steckte Rstr ihm noch ein Stückchen ins Maul.

Der Krst knurrte böse und gab erst Ruhe, als Rstr auch ihm Futter hingestellt hatte.

Draußen frischte der Wind auf und schüttelte die Äste. Er trug Regenschwaden bis in die Hütte. Ein gefährliches Wetter für das Signalfeuer, Rstr musste zur Klippe. Der Krst weigerte sich, mitzukommen, also band Rstr die Kappe über dem Schweißfleck fest und ging allein.

Der Sturm wütete hier oben auf dem Felsen besonders schlimm. Er hatte das Blattdach abgetragen und die Flammen fast gelöscht. Rstr schichtete einen Windschutz um das Feuer auf. Als es damit fertig war, legte sich der Sturm. Rstr ließ den Windschutz stehen. Es öffnete ihn nur zum Meer hin etwas, damit die Alten auf dem Festland das Feuer sehen konnten.

Auf dem Heimweg ging Rstr durch den Dschungel. Der Sturm hatte viele Früchte von den Bäumen geschlagen,

Rstr brauchte sie nur aufzusammeln. Es würde einige davon trocknen oder einschichten, als Vorrat für härtere Tage. Dazu benötigte es noch einen frischen Holzbottich, den würde es nachher gleich anfertigen, erst mal mussten die Früchte nach Hause gebracht werden.

In der Hütte hatte sich etwas verändert. Eines der Lagergestelle war verrückt worden. Eine halbe Ssks-Frucht lag auf dem Tisch. Der Bunthäuter trug wieder all seine Kleidung, schlief friedlich und der Krst kuschelte sich an ihn.

Rstr spürte sich lächeln. Vielleicht darüber, dass das Prüfungswesen offenbar wieder so gesund war, dass es aufstehen konnte, vielleicht, weil der Krst einen Freund gefunden zu haben schien. Vielleicht lächelte das Trrk aber auch, weil der Bunthäuter nicht gegangen war, obwohl er es hätte tun können. Es war irgendwie tröstlich, noch jemanden um sich zu haben. Wer oder was auch immer es sein mochte.

Mechanisch griff Rstr nach einem Trrk-Stiel und begann, ihn vorsichtig zu klopfen. Der Bunthäuter bewegte sich, weckte damit den Krst und dieser stand auf. Er sah Rstr fragend an. Das Trrk legte ihm die halbe Ssks auf den Boden und das Tier begann, schmatzend zu fressen. Draußen drosch schwerer Regen auf die Blätter und übertönte alle Geräusche des Dschungels, die sonst am Abend in die Hütte klangen. Feuchte Kühle kroch herein und machte die Gelenke steif. Rstr legte ein Holzscheit auf die Feuerstelle, entzündete einige Trockenfasern, legte diese auf das Holz und wenig später brannte das Scheit. Rstr starrte in die Flammen, seine Gedanken machten sich selbstständig und trudelten davon. Das Trrk schlief ein.

Als es am Morgen erwachte, war der Bunthäuter fort. Er hatte einige Früchte mitgenommen und offenbar war ihm auch der Krst gefolgt. Der Sammelbeutel fehlte und ein Korb. Das Feuer war zur Glut zusammengefallen und es war auf einmal sehr kalt in der Hütte.

Rstr begann seinen Tag mit der Versorgung des Signalfeuers. Es sammelte etwas Holz, brach dem toten Baum alle Äste – sie würden gut brennen – und fertigte zwei Holzbottiche zum Einschichten von Früchten an. Dann, als Rstr am späten Abend mit dem Haltbarmachen der Früchte begann, kam der Krst zurück zur Hütte. Er trottete herein, nahm ohne Hast eine halbe Trrks-Frucht, die Rstr ihm reichte, mit in seine Ecke und kaute lustlos darauf herum. Irgendwann schlief das Tier ein.

Rstr kochte sich einen Brei aus Ssks und Kräutern, aß und legte sich dann schlafen.

Der Bunthäuter kam nicht zurück.

*

Mir ist bewusst, dass ich etwas Verbotenes zu tun im Begriff bin. Was jedem normalen Trrk freisteht, ist einem Arm des Krynyr Synn nur mit erheblicher Beschränkung erlaubt. Kein Tagebuch und auch keine andere private Aufzeichnung darf von Ereignissen berichten, die geeignet sind, einem zufälligen Leser die Existenz des Ordens oder gar eine Spur zu ihm anzudeuten. Und obwohl ich mich als loyalen Diener des Krynyr Synn sehe, diese Ergebenheit auch schon mehrfach unter Beweis gestellt habe und bereit bin, dies jederzeit wieder zu tun, drängt es mich, die Ereignisse der letzten Wochen zu notieren.

Immerhin geht es hierbei um mein Elter. Es mag nicht dem Ideal eines fürsorglichen Erziehenden entsprechen, manchem gar ungeeignet zur Aufzucht eines Kindes scheinen, und dennoch ist es mein Elter, das mich fütterte und tröstete und mir all die Liebe gab, zu der es fähig war. Dass ich es mit seinem Beruf als Historiker und Archäologe, später dann als Professor teilen musste, habe ich nie als Makel in unserer Verbindung wahrgenommen, vielmehr ist es mir oft so erschienen, dass diese Trennung unserer beider Lebensfelder mich trefflichst darauf vorbereitete, ein effektiver Arm des Krynyr Synn zu werden. So wie Professor Kirr mich nie auch nur im Geringsten an seinen Forschungen teilhaben ließ, so erwartete mein Elter auch niemals, Einblick in mein Tun außerhalb des elterlichen Hauses zu erhalten. Dass sich eines Tages unsere beiden Lebensfelder berühren, ja überschneiden würden, hätte ich damals als eine wilde Spekulation abgetan.

Und dennoch geschah es. Der Krynyr Synn selbst sorgte dafür, indem er mich beauftragte, meinem Elter gewisse Hinweise zuzuspielen, woraufhin es sich unverzüglich auf die Suche nach dem legendären Auge von Stekk machte. Mit Hilfe des Auges und des von ihm schon zwei Jahre zuvor gefundenen Schlüssels von R plante es den Schatz der Syrrtyrrn aufzuspüren; eine Nachricht, die meiner Erinnerung nach große Unruhe bei den Lenkern des Ordens auslöste, obwohl ich im Nachhinein weder sagen könnte, wie diese sich geäußert hatte, noch genau zu bestimmen in der Lage wäre, was so brisant am Vorhaben meines Elters war. Natürlich ist mir bekannt, dass immer wieder Gerüchte und Theorien kursieren, die von der Existenz eines einflussreichen oder sogar allmächtigen Ordens raunen, in dem sich Nachfahren der Syrrtyrrn versammeln, aber diese Vermutung beruht auf einer gravierenden Unkenntnis bezüglich der Großen Götter, wie die Syrrtyrrn in manchen Kulturen auch genannt werden. Auf dieser Basis bei der Suche nach den Syrrtyrrn auf reale Ordensmitglieder zu stoßen, ist schier unmöglich.

Jene eher gespürte als anhand von Wirklichem deutbare Unruhe blieb dennoch in mir haften und erfasste auch mich schon kurz nach dem Aufbruch meines Elter. Obwohl wir uns, wie erwähnt, in solchen Dingen nie nahegestanden hatten und wir keine nennenswerte Korrespondenz pflegten, wenn einer von uns oder gar beide unterwegs waren, erschien mir Professor Kirrs Schweigen unheilvoll. Auch weil zu anderen Gelegenheiten zumindest in seiner Universität ab und an jemand etwas über den Fortschritt der jeweiligen Suche erfuhr, diesmal aber eine so allumfassende Stille eintrat, dass es doch auffiel. Ich versuchte, meine Unruhe zu dämpfen, indem ich mir einredete, der Krynyr Synn würde dafür sorgen, dass keine Nachrichten nach Hause drangen, dass also Kirrs Schweigen lediglich ein scheinbares war, aber es gelang mir nur unzureichend.

So vergingen ein paar Wochen. Dann trat der Orden erneut an mich heran und beauftragte mich, Doktor Krissm Rt dazu zu bringen, Professor Kirr nachzureisen. Ich bemühte mich, mir nicht vorzustellen, dass Doktor Krissm Rt meinem Elter zur Rettung geschickt werden sollte oder der Professor nun auch aus der Sicht des Ordens verschollen war und sie Krissm Rt brauchten, ihn aufzuspüren, aber auch das war nur von mäßigem Erfolg gekrönt. Also konzentrierte ich mich auf meine Aufgabe.

Dem Ruf folgend, der Krissm vorauseilt, erzählte ich ihm von der Absicht meines Elter, das Auge zu finden, und zeigte ihm die gleichen Symbole, die ich schon dem Professor untergeschoben hatte. Krissm Rt, das ich wohl eher als Abenteurer und Schatzsucher denn als Archäologen bezeichnen möchte, erkannte die Zeichen nicht oder gab dies zumindest vor. Auf dem Weg in das als Gaunerparadies verschriene Nest Temtkerr, wo Krissm einen alten Seher namens Mirrkt zu befragen gedachte, räumte der Doktor jedoch ein, die Analogie zu den üblichen archäologischen Zeichen für die Tempel aus dem Hellen Zeitalter durchaus bemerkt zu haben.

Wir, das bedeutet Doktor Krissm Rt und ich, erreichten Temtkerr am späten Abend. Wir bezogen zwei spärlich ausgestattete Zimmer im Hotel am Marktplatz, und ich setzte mich noch an den wackligen Tisch, um einiges für die nächsten Tage zu bedenken.

Ich wusste, dass der Orden Mirrkt bereits instruiert hatte, bevor mein Elter seine Suche begann, so dass ich mir sicher sein konnte, dass Krissm Rt denselben Weg wie Professor Kirr nehmen würde. Und da ich dank eigener Nachforschung ebenso wusste, dass mein Elter das Auge von Stekk gefunden hatte, musste ich eine Möglichkeit ersinnen, Krissm ebenfalls recht schnell zu diesem Tempel zu lenken, damit es recht bald Kirrs weitere Spur aufnehmen konnte. Also präparierte ich sorgfältig mein Buch über den Schrein Tekkt und hoffte, Krissms Neugier auf die dargestellten Wegzeichen lenken zu können. Daraufhin legte ich mich zu Bett.

Nur wenig später wurde ich unsanft geweckt. Doktor Krissm schüttelte mich und rief mir zu, ich möge meine Sachen packen. Dann, auf dem Weg durch die nächtlich stille Stadt, erwähnte Krissm, dass es mit Mirrkt gesprochen hatte. Schon auf dem Rückweg ins Hotel habe es ein Poltern im Mirrkts Laden gehört, sei zurückgeeilt und habe den alten Seher tot vorgefunden. Nun, so berichtete Krissm weiter, halte man es für den Mörder Mirrkts.

Wir flohen mit einem Flugzeug, dessen Pilot von Krissm Rt bestochen worden war, uns noch vor dem eigentlichen Flugtagbeginn nach Krektsemk zu bringen. Von dort aus wollte Krissm Rt mit dem Zug weiter nach Osten. Nach meiner Uhr hätten wir den Morgenzug nicht mehr erreichen dürfen, aber die örtliche Polizei hatte ihn zum Zwecke der Durchsuchung nach einem jugendlichen Ausreißer aufgehalten, so dass wir noch zwei Plätze in der Zweiten Klasse buchen konnten.

Kaum dass wir saßen, nickte Krissm Rt ein. Dies gab mir die Gelegenheit, einen ersten kurzen Bericht an den Krynyr Synn zu verfassen, den ich an unserem Zielort absenden wollte. Als ich von meinen Notizen aufblickte, bemerkte ich ein Trrk, das sich in der Nähe niedergelassen hatte und zu dösen schien. Etwas kam mir vertraut an ihm vor und schließlich erkannte ich es als einen Arm des Ordens. Wir waren einander im Zusammenhang mit meinem Auftrag mein Elter betreffend begegnet, hatten allerdings keinen direkten Kontakt gehabt. Nur einen Augenblick lang spürte ich Staunen in mir, dass der Krynyr Synn nach der übereilten Flucht bereits wieder unsere Spur gefunden hatte, doch dann beruhigte mich der Gedanke, die Macht des Ordens in der Nähe zu wissen.

Doktor Krissm Rt erwachte schon wenig später wieder. Ich hatte bereits das Buch über den Schrein Tekkt in der Hand, und als Krissm vollständig ansprechbar war, fragte ich es, ob es das Werk kannte. Natürlich wusste ich, dass Krissm es gar nicht kennen konnte, denn es war ja vom Orden auf den Index gesetzt worden, und so griff Krissm erwartungsgemäß nach dem Buch. Es blätterte darin herum. Sein Interesse an der vollständigen Beschreibung des Schreins schien nicht sehr groß zu sein, was mich verwunderte, denn nach der Akte des Ordens über Krissm Rt war der Doktor noch nie am Schrein gewesen. Vielleicht war es deshalb nur mäßig neugierig, weil es sich um ein festes Bauwerk handelt, das kaum verziert ist und das sich vor allem nicht an irgendein Museum verkaufen lässt.

Als ich schon glaubte, Krissm Rt würde die entscheidende Stelle übersehen, bemerkte es meine Markierung und sah auf. Doch obwohl ich dieser Geste entnehmen konnte, dass Krissm Rt eine Frage bewegte, schwieg es. Ein Blick des Doktors fiel auf das Trrk neben uns und wieder erkannte ich eine leise Veränderung in Krissms Haltung. Als der Zug kurz darauf an einer Zwischenstation hielt, raffte Krissm seine und meine Sachen zusammen und zerrte mich mit sich hinaus. Das Ordens-Trrk reagierte zu spät; noch ehe es aussteigen konnte, setzte sich der Zug wieder in Bewegung.

Ich fragte Krissm, warum wir schon weit vor dem Ziel ausgestiegen seien, und es erwiderte, von hier aus erreiche man den Schrein schneller. Mirrkt habe gesagt, das Auge von Stekk sei zu finden, wenn man vom Schrein aus immer nördlich ginge. Zumindest das Letztere entsprach auch meinem Wissen und so bemühte ich mich, Krissm Rt ein leichter Weggefährte zu sein.

Das vorzeitige Verlassen des Zuges zwang uns, einen zwei Tage längeren Fußmarsch in Kauf zu nehmen. Im Grunde änderte es jedoch nicht viel am geplanten Ablauf: Wir besorgten die nötige Ausrüstung und fanden eine Gruppe einheimischer Träger, die uns durch den Dschungel begleiten würde. Dann zogen wir los.

Wir waren acht Tage unterwegs, meine Augenschalen hatten schon einige Kratzer abbekommen, als die Einheimischen zu verschwinden begannen. Zuerst glaubte ich, sie seien umgekehrt, weil ihnen der Marsch unter dem Gepäck zu anstrengend war, doch Krissm Rt belehrte mich, dass sie nie allein gegangen wären, weil sich in diesem Wald ein Volk aufhielt, das die seltsame Angewohnheit hatte, aus völlig unerklärlichen Gründen plötzlich irgendeinem der anderen Völker feindlich gesinnt zu sein. Gleichzeitig, so erklärte Krissm, scheue dieses Volk den offenen Kampf, ein einzelner Wanderer sei immer das bevorzugte Opfer jener merkwürdigen Krieger.

Am dreizehnten Tag waren von fünfzehn Trägern noch sechs übrig geblieben. Diese sechs meuterten nun und wollten umkehren, ehe auch sie von den heimtückisch mordenden Kriegern getötet werden konnten. Just in diesem Moment entdeckte ich ein totes Trrk hinter meinem Zelt. Ich rief Krissm hinzu. Es meinte, das Trrk sei zwar geschmückt wie ein Wildes, gehöre aber mit Sicherheit nicht zu einem der in dieser Gegend ansässigen Stämme. Dann nahm Krissm Rt den Speer auf, der neben dem Toten lag und mit dem dieses offenbar getötet worden war. Zeichen waren in den dunklen Schaft geritzt worden. Einer der Träger nannte uns deren Bedeutung. Sie lautete: Der Verführer ist tot, ihr seid nun sicher. Weder ich noch Krissm oder die Träger verstanden, was damit gemeint war, doch die Einheimischen waren offenkundig dennoch besänftigt und blieben bei uns.

Fünf Tage später erreichten wir den Schrein. Ich fand ihn genauso vor, wie ich ihn aus dem Buch kannte. Auf vier hohen, plumpen Säulen ruhte ein Dach aus Steinbalken. Darunter war eine Kuppel errichtet worden, deren Eingang von einer Holztür verschlossen war. Diese war offensichtlich neu angefertigt worden. Das passte zu dem, was mein Elter vermutet hatte, dass nämlich ein noch immer im Geheimen lebendes Volk den Schrein hütete und pflegte. Ansonsten wäre das Bauwerk sicher schon vom Dschungel überwachsen gewesen. Merkwürdig erscheint mir jetzt, dass dieses Volk den Schrein nicht auch gegen ungebetene Besucher verteidigte. Doch vielleicht hatten diese Hüter noch nie schlechte Erfahrungen gemacht. Wie ich schon erwähnte: Es gab hier für Schatzsucher nichts zu holen.

Wir öffneten die Tür zum Schrein. Im Innern der mit Bildern verzierten Kuppel stand wie beschrieben das eigentliche Heiligtum, ein steinerner Quader mit einem

Deckel. Krissm Rt hob diesen Deckel – eine Platte aus dunklem Fels – an. Die steinernen Scharniere gaben einen quälenden Laut von sich. Unter dem Deckel befand sich eine Ritz-Zeichnung auf dem Quader. Es schien eine – wenn auch etwas verzerrte – Weltkarte zu sein. Seltsamerweise verzeichnete sie – anders als in meinem Buch – zwei verschiedene Küstenlinien, eine, wie sie der heutigen recht nahekommt, und eine weiter draußen, im heutigen Meer gelegen.

Krissm Rt starrte die Karte eine ganze Weile an, so dass ich mir schon Sorgen zu machen begann. Dann jedoch fand es wieder in die Gegenwart zurück und sah mich an. Es fragte, was ich von der Zeichnung hielte. Ich wusste nicht recht, was es meinte, denn trotz der Verzerrung war der Charakter der Darstellung offensichtlich. Es war auch unwahrscheinlich, dass den Doktor die Präzision der Karte irritierte, denn in seinem Fach gehört es zum Allgemeinwissen, dass die Trrk des Hellen Zeitalters bereits über sehr detaillierte Landkarten verfügten.

Da ich nicht antwortete, wies Krissm Rt auf eine kleine figürliche Darstellung am unteren Rand der Karte und fragte erneut. Das Bild war etwas ungewohnt, zeigte aber doch alle typischen Merkmale, welche die damaligen Trrk ihren Schöpferwesen zuschrieben. Ich erklärte also, darin die Darstellung eines Großen Gottes zu erkennen.

Doch auch das schien Krissm Rt nicht wirklich gemeint zu haben. Es sah mich einen Moment wie abwesend an, dann fragte es mich, was ich vom Zentrum wüsste, und ich nannte ihm die Schul-Erklärung, dass die Trrk der Hellen Zeit damit den fiktiven Mittelpunkt der Welt bezeichnet hätten. Daraufhin wedelte Krissm Rt ganz aufgeregt mit den Fühlern und behauptete, die Karte im Schrein Tekkt sei der Beweis, dass das Zentrum mitnichten fiktiv, sondern geografisch genau bestimmbar sein müsse. Krissm meinte, die scheinbare Verzerrung der Karte Tekkt resultiere aus der Tatsache, dass sie sich zwar auf denselben Äquator bezog wie die modernen Atlanten, jedoch mit einem anderen Null-Meridian operiere. Der Schnittpunkt zwischen diesem und dem Äquator sei zweifellos das Zentrum der Hellen Zeit gewesen.

Ich gab mir Mühe, überrascht zu wirken. In gewissem Sinne gelang das auch, denn obwohl ich natürlich längst wusste, dass das Zentrum der Welt ein durchaus realer Ort war, war ich irritiert darüber, dass Krissm Rt durch die Darstellung eines Großen Gottes auf diese Idee gebracht worden war.

Während Krissm, mich nicht weiter beachtend, die Karte des Schreins auf archäologisches Papier durchpauste und sich dann daran machte, durch allerlei Vergleiche mit einer herkömmlichen Karte auf jener den Null-Meridian der Hellen Zeit zu ermitteln, blätterte ich ein wenig in meinem Buch. Ohne echtes Interesse an der Lösung versuchte ich, den Großen Gott auf der steinernen Karte als eine der überlieferten mythologischen Figuren zu identifizieren. Darüber schlief ich ein.

Als ich am nächsten Morgen erwachte, packte Krissm Rt bereits unsere Sachen zusammen. Die Träger hatten ein spärliches Mahl bereitet, von dem sie mir anboten. Ich nahm einen Bissen. Beunruhigt bemerkte ich, dass Krissm Rt auf seiner Karte eine Linie eingezeichnet hatte, die – soweit ich das beurteilen konnte – dem Null-Meridian der Hellen Zeit entsprach. Am Schnittpunkt mit dem Äquator hatte er ein Kreuz gemacht. Wollte er dorthin? Ich wagte nicht zu fragen, zu leicht hätte Krissm auf die Idee kommen können, ich würde nicht ihm folgen, sondern ihn lenken wollen.

Meine Sorge war umsonst: Statt zurück zur Eisenbahnstation zu wandern, von wo aus man am bequemsten zum Zentrum gekommen wäre, machten wir uns auf den weiteren Weg nach Norden und folgten damit den Worten Mirrkts. Schon bald stießen wir auf die ersten Zeichen, die mit dem Buch beziehungsweise mit den Wandbildern des Schreins übereinstimmten. Ich gab mich erstaunt, dass die Zeichnungen, die ich vorgeblich für eine Wegbeschreibung eines der Großen Götter hielt, sich derart genau mit den Angaben des Sehers deckten. Krissm Rt schien dieser Gedanke töricht, denn natürlich – so seine Meinung – müssten sich die Details entsprechen, würde es sich in beiden Fällen doch um die gleiche Sage handeln. Dass man in den Legenden den Reisenden zugunsten der Reiseroute beziehungsweise des Reiseziels vernachlässigte, sei ein durchaus üblicher Prozess der Verschleifung von Überlieferungen. Ich wies Krissm nicht darauf hin, dass der Seher nur von Himmelsrichtungen und mitnichten von bildhaften Markierungspunkten gesprochen hatte. Sollte Krissm mich ruhig weiterhin für unwissender halten, als ich tatsächlich war.

Am zweiten Tag nach dem Schrein wichen die Landmarken von der nördlichen Richtung etwas ab. Krissm beschloss, ihnen trotzdem zu folgen, verzeichnete aber stets genau die Abweichung von der Route, die Mirrkt genannt hatte.

Am vierten Tag wies eine der Landmarken – ein markant geformter Berg – sogar genau nach Osten. Krissm Rt beschloss, weiter nach Norden zu gehen. Am Abend stießen wir jedoch auf eine Schlucht, so dass wir uns am Tag darauf doch zu jenem Berg aufmachten. Ab da folgten wir ausschließlich den Zeichen aus dem Schrein Tekkt.

Schließlich gelangten wir zu einer Ruine. Sie schien der Rest eines Tempels zu sein, wie sie weiter östlich und auf dem Südkontinent Kertmessk zu finden sind.

Man konnte noch die Form der Anlage erkennen und es standen Wandfragmente, ansonsten war der Ort vom Dschungel überwachsen. Wir übernachteten dort.

Am nächsten Morgen waren all unsere Träger verschwunden. Krissm Rt wählte aus dem Gepäck die nötigsten Stücke aus und dann wandten wir uns – nun nur noch zu zweit – wieder gen Norden.

Schon nach wenigen Schritten bemerkten wir, dass eine schmale Schneise den Dschungel durchschnitt. Ihr Untergrund war felsig und eben, und da sie genau unserer Marschrichtung folgte, kamen wir schnell vorwärts.

Fünf Tage wanderten wir so. Krissm Rt grübelte an einer Erklärung für diesen ungewöhnlichen Pfad und ich erinnerte ihn an die Legende vom Großen Gott Triss, der so schwer war, dass jeder Weg, den er ging, derart festgetreten wurde, dass nie mehr auch nur ein Moos darauf Halt finden konnte. Wir fachsimpelten ein wenig darüber, wie lange dieser Effekt wohl wirklich hätte anhalten können, und einigten uns schließlich, dass vermutlich ständiger Gebrauch des Weges durch Tiere ihn von Bewuchs freihielt.

Auch andere Themen kamen während des Marsches zur Sprache. Oft tauschten wir uns über Archäologisches aus, wobei ich mich gern als Schüler präsentierte, den zu belehren Krissm Freude zu bereiten schien. In Einigem war es erstaunlich nah am Wissensstand des Ordens, anderes wiederum entsprach doch sehr dem, was unter den vorgeblichen Fachleuten verbreitet war.

Alles in allem empfand ich diese fünf Tage Wanderung als recht unterhaltsam und angenehm. Der Weg war leicht zu gehen, des Nachts bot ein kleines Zelt uns beiden ausreichend Unterschlupf und als Nahrung fanden sich rund um uns her die süßesten Früchte, die ich je hatte kosten dürfen.

So kam es, dass ich es beinahe ein wenig bedauerte, als der felsige Weg auf einer kleinen Lichtung endete, auf welcher ein weiterer Tempel lag. Er war um einiges größer als der erste und die wahrlich am besten erhaltene Anlage seiner Art: Keine Pflanze wuchs innerhalb der steinernen Grenzen, keine Mauer, kein Relief wies auch nur einen Schaden auf, ja sogar die Bemalung schien so leuchtend klar wie am Tage ihrer Anbringung. Es war überwältigend.

Krissm Rt war offenkundig wenig beeindruckt. Es holte seine Karte hervor, auf der es Tag für Tag unseren Weg eingezeichnet hatte, und schien unseren aktuellen Standort mit irgendetwas abzugleichen. Ich fragte, ob etwas nicht in Ordnung sei. Es habe erwartet, so seine Antwort, dass ein Tempel dieser Art sich im Zentrum der Welt, wie es im Hellen Zeitalter bestimmt war, befinden würde und nicht derart weit davon entfernt. Ich gab wider besseren Wissens zu bedenken, dass der Tempel im Zentrum womöglich noch prachtvoller sein könnte. Krissm Rt gefiel diese Vorstellung wohl, denn es beließ es dabei. Ich war versucht, mir zu wünschen, dass es nie zum Zentrum reisen würde – der Orden hatte das Gebiet bereits ausgiebig abgesucht und nicht einmal Ruinen dort gefunden. Der Ort war offenbar nie mehr als von kartografischer Bedeutung gewesen.

Der Tempel, an dem wir hier also standen, war eindeutig als Haupttempel errichtet worden. Üppig mit den Reliefs von Pflanzen und Tieren verzierte Wände kündeten von der einstigen Bedeutung als Heiligtum des Lebens. Im Innern des Gebäudes herrschte erhabene Schlichtheit vor, geometrische Formen, die sich zu harmonischen Mustern ordneten. In Nischen standen Statuen der Großen Götter und jede davon trug ganz die persönlichen Züge des Gottes, den sie darstellte, so dass man nicht nur an den verschiedenen Körpern die Wesen unterscheiden konnte. Ich ertappte mich bei dem Gedanken, dass bei dieser Vielgestaltigkeit der Syrrtyrrn, wie die Großen Götter sich selbst genannt hatten, wohl auch für uns Trrk ein Platz in ihrer Gemeinschaft hätte gewesen sein sollen. Waren wir noch zu unwürdig gewesen? Ich hielt dies für eine recht wahrscheinliche Erklärung und versuchte, keinen Gedanken daran zu verschwenden, ob wir heute den Ansprüchen der Syrrtyrrn genügen würden. Zu gern hätte ich mit Krissm Rt darüber spekuliert, doch das hätte bedeutet, es in die wahre Natur der Großen Götter einweihen zu müssen. Sollte es nur weiterhin annehmen, es mit reinen Fabelwesen zu tun zu haben.

So also folgte ich Krissm Rt durch die Räume des Tempels. Steinerne Abbilder seltsamer Gegenstände, deren Bedeutung weder Krissm Rt noch ich erraten konnten, farbenprächtige Friese, die phantastische Welten zeigten, und immer wieder kleine Tafeln mit Darstellungen aus dem Hellen Zeitalter fesselten stundenlang unsere Aufmerksamkeit. Im innersten Raum schließlich stand der Altar. Was im Großen Haupttempel von Kertmessk – dem bislang einzig entdeckten – nur in Andeutungen zu erkennen ist, präsentierte sich uns hier in seiner ganzen Pracht. In Stein eingefasst bestand die Seele des Altars aus einer metallenen Konstruktion, die über und über mit blinkenden Edelsteinen besetzt war. Das Beeindruckendste war jedoch der große Kristall, dessen spiegelglatte Fläche in der Mitte der Vorderseite des Altars prangte. Er entsprach ganz den Beschreibungen aus den Legenden der Hellen Zeit, die vom Gefrorenen See sprechen. Nach allem, was ich wusste, konnte dies ein Zugangsort zum Erbe der Syrrtyrrn gewesen sein, und als ich mir darüber klar wurde, hätte ich mein Leben dafür gegeben, das Auge und den Schlüssel zu besitzen, um dieses Erbe zu sehen.

Tief in jene Gedanken versunken, spürte ich plötzlich eine Hand auf meinem Arm und wandte mich um. Krissm Rt stand neben mir und blickte verzückt auf die Seele des Altars. Schon fürchtete ich, es würde jeden Moment Pickel und Eisen holen, um die Steine aus ihren Fassungen zu brechen, da sagte das Trrk mit einer unendlichen Ehrfurcht in der Stimme: „Das hier, Kirr Ssn, ist das Wunderbarste, das je ein Trrk sehen durfte. Und wir beide durften es sehen.“

Oh, wenn Krissm geahnt hätte, wie richtig und falsch zugleich das war! Das Wunderbarste war es ohne Zweifel, doch zu sehen bekamen wir nur sein Äußeres. Ich brachte es nicht fertig, Krissm dies zu offenbaren. Es war derart von Andacht erfüllt, so voller Bewunderung für die Ahnen und zugleich so begierig darauf, alles über jene Zeit zu erfahren, dass ich mir ab diesem Moment sicher war, dass Doktor Krissm Rt würdig des Ordens sei.

Nur ob es schweigen konnte, wusste ich nicht.

Ein Geräusch schreckte uns auf. Leise hatte ein fremdes, offensichtlich aus einem einheimischen Volk stammendes Trrk den Altarraum betreten und sah uns nun abschätzend an. Es hatte eines von Krissms Werkzeugen in der Hand und hielt es uns anklagend entgegen.

„Wir wollen nichts Böses“, versicherte Krissm Rt dem Trrk. Ich raunte ihm noch zu, dass das Wilde es sicher nicht verstehen könnte, als das Eingeborene auch schon in unserer Sprache antwortete. „Nichts Böses“, so sagte es, „ist für jeden Trrk der Welt etwas anderes. Für uns, die Hüter dieses Tempels, ist es das Böseste, das Heiligtum zu beschädigen.“

Krissm Rt beteuerte dem Trrk, dass das nicht seine Absicht sei, und überzeugte den Hüter damit sogar. Dann entspann sich ein Gespräch zwischen dem Hüter des Tempels und dem Doktor, dessen Fakten ich hier in nur wenigen Worten zusammenfassen möchte: Jenes Volk der Hüter – die Ähnlichkeit zum Umstand, dass auch der Schrein behütet wird, ist augenfällig – trage diese Aufgabe schon seit dem Anbeginn seiner Existenz, ja sei laut Legende nur für diese Aufgabe geschaffen worden. Sie töten dafür. Allein drei Dinge könnten ein Trrk vor diesem Schicksal bewahren: das Auge und das wahre Wissen um das Auge, der Schlüssel und das wahre Wissen um den Schlüssel, das Amulett und das wahre Wissen um das Amulett.

„Wir besitzen nichts von diesen Dingen“, sagte Krissm Rt, und ich bewundere heute noch seinen Mut, dies zuzugeben, denn nach aller Wahrscheinlichkeit hätte das unser Todesurteil sein können. Das wenige, was ich als Ordensmitglied weiß, hätte uns nicht retten können. Doch das war auch nicht nötig, denn der Hüter erklärte, ein Trrk sei am Tempel gewesen, habe sich als Bote der Götter bewiesen und angeordnet, uns – also Krissm Rt und mir – jede Hilfe zu gewähren, die wir benötigten.

Diese Hilfe sah dann so aus: Die Hüter ließen uns in ihrem Dorf übernachten, luden uns und unser Gepäck am nächsten Tag auf so etwas wie Sänften und trugen uns im Laufschritt über verschlungene Pfade irgendwohin. Sie wechselten einander ab, und nach ganzen sechs Tagen waren wir am nächsten Ziel: ein weiterer Tempel, jener, in dem das Auge Stekk zu finden gewesen sein musste.

Wir bedankten uns bei den Wilden, doch statt umzukehren, ließen sie sich am Rande der Tempelanlage nieder, um uns – wie sie sagten – weiterhin zur Verfügung zu stehen.

Krissm Rt und ich sahen uns im letzten Licht des Tages in der recht verfallenen Anlage um. Krissm erklärte mir an den noch erkennbaren Zeichen, dass dieser Nebentempel und der, dessen Ruinen wir nach dem Schrein gefunden hatten, einmal völlig gleichartig gewesen sein müssen. Später dann, am Lagerfeuer, sprachen wir auch über den bemerkenswerten Umstand, alle drei Tempel und den Schrein Tekkt auf demselben Längengrad gefunden zu haben. Krissm Rt erklärte mir zwar, dass auch die drei Tempel an der Ostküste und die drei Tempel auf Kertmessk diesem Gesetz folgen, doch dass bis heute noch niemand sagen könnte, warum die Trrk des Hellen Zeitalters das getan hatten. Warum hatten sie, wenn sie schon diese exakte Ausrichtung vornahmen, die Tempel nicht wenigstens so nah beieinander gebaut, dass auch dem einfachen Beobachter diese Harmonie ins Auge fiel? Ich schwieg dazu und Krissm Rt erwartete wohl auch keine Antwort von mir. Stattdessen versank es in eine Art träumerische Andacht, zog an seiner Pfeife, die es von wer weiß woher plötzlich herausgekramt hatte, und nickte mir hin und wieder lächelnd zu. Ein Hauch vollkommenen Friedens senkte sich über alles, so als wäre hier zu sein der Sinn unseres Lebens.

In dieser Nacht schliefen wir miteinander. Ich war zuerst ein wenig überrascht, dass jemand wie Rt Interesse an jemandem wie mir haben konnte, doch unter seiner Zuwendung verflogen rasch alle Bedenken.

Später, als wir voneinander abgelassen hatten, fühlte ich mich schuldig. Schuldig, Rt derart nah zu sein und dennoch zu schweigen. Es bemühte sich so um Erklärungen, so um Wissen, und ich betrog es um dieses Wissen. Wir schienen ab diesem Moment die Rollen getauscht zu haben: War anfangs Krissm Rt der Lehrer gewesen, zu dem ich aufsah, spürend, dass es mich kaum ansatzweise in seine Wissenswelt einließ, weil ich noch zu naiv war, wurde mir klar, dass es sich in Wirklichkeit genau andersherum verhielt. Ich mochte zwar in der Tat auf dem Bereich der offiziellen Geschichtswissenschaften unerfahren und ohne Sinn für die Komplexität der Dinge sein – in Wahrheit jedoch stand mir Wissen zur Verfügung, das alles auf eine ganz andere, weitaus weniger naive Weise in Verbindung setzte. Irritierenderweise empfand ich diesen Rollentausch jedoch als unvollständig, als sozusagen nur in meinem Inneren vorgenommen, denn sowohl Krissms als auch mein Verhalten änderte sich auch später nur unwesentlich. Vielleicht war durch diese Nacht etwas mehr Vertrautheit in unseren Umgang miteinander gelangt, doch die Lehrer-Schüler-Festlegung blieb unangetastet.

Mit diesem Gefühlsgemisch aus neuer und alter Rolle, professionellem Abstandsempfinden und emotionalem Verbundensein wachte ich am nächsten Morgen auf. Rt schlief noch und ich wollte es nicht stören. Also verließ ich das schlafende Dorf und begann, mich in den Ruinen umzusehen. Viel war nicht zu entdecken, der Ort würde am Ende nur eine räumliche Station auf unserem Weg gewesen sein, ohne uns durch neue Informationen oder gar Artefakte bei der Erringung des Erbes der Syrrtyrrn geholfen zu haben.

Dessen sicher strich ich eher unaufmerksam umher, keine wichtige Entdeckung erwartend. Doch plötzlich stand ich vor einem vor ein paar Tagen erloschenen Feuer; eine Decke, eine Kartentasche und ein verbeulter Topf lagen daneben. Ich sah zudem einen Pfeil mit stählerner Spitze an der Wand liegen und einen zweiten, an dem Blut klebte.

Dann erblickte ich ein Notizbuch. Das Notizbuch meines Elter. Das konnte nicht Gutes bedeuten: Nie wäre Professor Kirr freiwillig ohne seine Aufzeichnungen irgendwohin gegangen! Mein Blick schweifte zu den Pfeilen. Sollte das Blut etwa …? Ich wagte den Satz nicht zu Ende zu denken. Ich wandte mich ab – und fand Rts ausgebreitete Arme, denen ich mich anvertraute. Obwohl mein Hirn mit der Möglichkeit gerechnet hatte, mein Elter verletzt oder gar tot zu finden, traf mich die Erkenntnis, dass es tatsächlich so sein würde, unvorbereitet. Die Hoffnung, die ich hätte haben sollen, weil Pfeil und Buch allein nur Indizien waren, konnte das nicht aufwiegen. Ich fühlte mich wie betäubt. Dabei sah ich wie in einer Kinematografievorführung den Lenker des Ordens vor mir, wie er mir tröstend über die Fühler strich und beteuerte, mein Elter sei um der Sache willen, sei für die Wahrung des Geheimnisses gestorben. Und ich sah ihn an und verstand nicht …

Während ich noch zu mir kommen musste, hatte Rt bereits das Notizbuch aufgehoben. Es war kaum benutzt worden, wahrscheinlich war es bereits das zweite oder dritte Expeditionsbuch. Zudem hatte jemand die offenbar beschriebenen ersten Seiten herausgerissen. Rt streute Asche auf die nun erste Seite, rieb sie etwas ein und zeigte mir dann den Eintrag, der von der vorherigen Seite durchgedrückt worden war. Er lautete: „Das Auge ist prachtvoll. Sein Glanz, seine unnachahmliche Farbe … Wenn ich mit seiner Hilfe das Erbe der Syrrtyrrn gefunden habe, sollte das Auge im Museum jedem sichtbar sein. Zum Erbe: Ich kann nicht länger dulden, dass es der Trrkheit vorenthalten wird. Auch wenn der Krynyr Synn mich zu kaufen versucht oder mir den Tod androht – das Geheimnis muss endlich gelüftet werden."

Erschreckt sah ich zu Krissm Rt auf. Mein Elter hatte den Orden erwähnt! Was, wenn Rt mich fragte, was ich über den Krynyr Synn wüsste? Etwas Wahres nicht zu sagen, war eine Sache, eine andere, etwas Unwahres zu behaupten.

Krissm Rt jedoch fragte mich nicht danach, es fragte mich überhaupt nicht. Stattdessen erkundigte es sich bei einem der Tempel-Hüter, der zu uns getreten war, wohin mein Elter gegangen sein könnte, und erhielt zur Antwort, man habe ein verwundetes Trrk östlich dieses Tempels gesehen. Rt vermutete daraufhin, dass Professor Kirr versucht hatte, nach Remkett zu gelangen, zur Eisenbahn, und es fragte unsere Helfer, ob sie auch uns dorthin bringen könnten.

Die Hüter brachten uns nicht bis Remkett, sondern nur bis zur nächsten Siedlung, wo ihr wildes Aussehen einige Aufregung auslöste. Rt und ich mieteten Reittiere, später ein Auto und erreichten so Remkett. In einem Hotel am Stadtrand nahmen wir ein Zimmer, und obwohl es nicht komfortabler war als das damals in Temtkerr, erschien es uns wie der Inbegriff des Luxus.

Mein Elter trafen wir noch in der Stunde unserer Ankunft: Im Nachbarzimmer stöhnte jemand vor Schmerzen, wir schauten nach und fanden Professor Kirr im Fieber liegend. Die Wunde in seiner Seite hatte sich entzündet. Ich lief nach einem Arzt.

Als ich zurückkam, war mein Elter tot. Rt strich ihm eben die Fühler an den Kopf. Ich fühlte nichts dabei. Ich hatte mein Elter schon dort draußen im Tempel verloren. Also nahm ich nur die Sachen mit in unser Zimmer, durchsuchte sie und versteckte seine Notizen – es waren insgesamt drei Bücher – in meiner Tasche. Krissm Rt trat ein und sagte, man brächte Kirr jetzt fort. Ich nickte nur, ich wollte das Tote nicht noch einmal sehen.

Wir fuhren nach Hause. Rt und ich waren die Einzigen im Bahnwagen und dadurch schien sich unser Schweigen zu vervielfachen. Ich fühlte mich elend. Ich hatte das Auge von Stekk nicht gefunden, ich saß einem Trrk gegenüber, das ich wahrscheinlich liebte und doch belogen hatte, ja noch immer belog, und mein Elter war auf einem Weg gestorben, auf den ich es gebracht hatte.

Jetzt, drei Tage nach unserer Rückkehr, spüre ich dieses Schweigen noch immer wie eine dichte Wolke um mich herum. Vor mir liegt ein Kondolenzbrief ohne Unterschrift, nur mit dem geheimen Zeichen ganz am Rand des Blattes gibt der Lenker des Krynyr Synn sich mir zu erkennen. Ich verstehe, was der Brief sagen soll, und ich will auch glauben, dass er recht hat. Aber es fühlt sich wie ein falsch projiziertes Bild an, das zurechtzurücken ich mich außerstande sehe. Und Krissm Rt unterrichtet schon wieder …

*

Es war still geworden auf der Insel. Nur der Regen rauschte leise und stetig. Manchmal schrie ein Vogel, doch er bekam niemals Antwort und so verstummte er wieder.

Rstr erntete das Korngras. Der Krst sah ihm dabei von der alten Hütte aus zu. Wenn Rstr morgens und abends zum Signalfeuer ging, folgte ihm das Tier, mitunter verschwand es auch für einige Zeit irgendwo im Dschungel und kam mit einem merkwürdigen Geruch im Fell zurück, legte sich an das Feuer in der verfallenen Hütte und schloss schläfrig die Augen. Es schien, als wollte er nicht sagen, wo er gewesen war, vielleicht spürte er, dass er das Trrk in dieser Zeit einsam machte. Vielleicht aber war der Krst auch nur müde.

Drei Tage brauchte Rstr, das Gras zu schneiden. Dann drosch es die Ähren. Das Klopfgeräusch drang dumpf in den dampfenden Dschungel, und manchmal glaubte Rstr, ein Echo davon zu hören.

Am fünften Tag begann Rstr, das Getreide zu seiner Hütte zu schaffen. Während des ersten Ganges war der Krst noch neben ihm, dann brach das Tier ins Unterholz und blieb verschwunden. Am achten Tag ergänzte Rstr die Holzvorräte auf der Klippe.

Am neunten Tag fand es den ersten Ksskt am Boden sitzend. Der Vogel hatte nicht einmal mehr die Kraft, davonzuhüpfen, als das Trrk nach ihm griff. An diesem Abend aß Rstr den ersten Braten seines Prüfungsjahres. Und es war allein dabei.

Am zehnten Tag kam der Krst zurück. Er hielt sich dicht bei Rstr, als das Trrk im Dschungel nach Früchten suchte. Er blieb bei ihm, auch als Rstr dorthin ging, wo der tote Bunthäuter gelegen hatte. Nicht einmal die Knochen waren noch übrig.

Inzwischen lag die Stille wie ein Nebel über allem. Ab und zu drang ein kläglicher Vogelschrei aus dem Dschungel, manchmal hörte Rstr rhythmische, dumpfe Laute. Der Regen summte monoton. Der Krst bellte nicht mehr, Rstr sprach kaum noch mit dem Tier. Und gelegentlich trieb ein eigenartiger Geruch über die Insel.

*

Sechzehn Tage ist es inzwischen her, dass Doktor Krissm Rt und ich von unserer Suche nach meinem Elter zurück sind. Wir haben uns kaum gesehen, was ich anfangs darauf schob, dass ich in meiner Trauer allein sein wollte. Doch als ich Rt schließlich aufsuchte, trat es mir mit einer so deutlichen Ablehnung gegenüber, dass ich jeglichen weiteren Versuch, bei ihm zu sein, unterließ. Einer Notiz, auf die ich noch einen Blick erhaschen konnte, bevor Rt seine Papiere vor mir verbarg, entnahm ich, dass es von meiner Rolle als Arm des Krynyr Synn erfahren haben musste. Womöglich gab es mir die Schuld an Professor Kirrs Tod, da ich ihm ja den seine Reise auslösenden Hinweis zugespielt hatte. Vielleicht war ihm aber auch nur bewusst geworden, dass ich auch es manipuliert hatte. Ich bedauere diese Wendung, aber dies ist offenbar ein Preis, den jeder zu zahlen hat, der sich der Wahrung des Geheimnisses verschreibt.

Meiner weiteren Aufgabe wird dies alles wenig förderlich sein, denn als ich, wie der Krynyr Synn mich beauftragt hatte, vor wenigen Stunden auf dem Grabungsfeld des südlichen Nebentempels von Kertmessk ankam, fand ich dort Doktor Krissm Rt vor. Es war wenig erfreut, mich zu sehen, und ich tat ihm vorerst den Gefallen, ihm aus dem Weg zu gehen.

Ich bezog das mir zugewiesene Zelt und öffnete wie befohlen erst danach den Brief des Ordens. Darin informierte man mich, dass der sterbende Professor Kirr das Auge von Stekk an Doktor Krissm Rt weitergegeben hatte. Ich erwartete zu lesen, wie der Orden das in Erfahrung gebracht hatte, aber natürlich war dies nicht Teil meiner Instruktion. Vielmehr setzte man mich in Kenntnis darüber, dass Krissm Rt einen Weg gefunden hatte, den Ort des Ursprungs zu bestimmen.

Jetzt wurde mir auch klar, warum es damals nicht hartnäckiger nach dem Zentrum des Hellen Zeitalters geforscht hatte: Vermutlich war ihm längst bewusst gewesen, dass dieser Lokalität keine nennenswerte historische Bedeutung zukam. Der Ursprung jedoch ist sehr wohl bedeutsam. Zwar wird es in den unterschiedlichen Überlieferungen aus der Hellen Zeit recht verschieden konkretisiert, alles läuft aber immer darauf hinaus, dass an diesem Ort die vormals primitiven Trrk aus ihrem Tierstatus heraus zu dem erhoben wurden, was sie noch heute sind: denkende moralische Wesen.

Ich ließ den Brief sinken. Er endete ohnehin mit der Information über Krissms Erkenntnisse, alles andere waren die üblichen Gruß- und Ermahnungsfloskeln – sie zu lesen, war nicht nötig, ich begriff sehr wohl, dass der Orden mir eine zweite Chance einräumte. Ich sollte mich Krissm Rt erneut anschließen, um es bei der Suche nach dem Ort des Ursprungs und den dort hoffentlich befindlichen Artefakten zu unterstützen, mit dem Ziel, jene dem Orden dann zuzuspielen. Außerdem galt es immer noch, das Auge von Stekk für den Orden in Besitz zu nehmen, da dieses das einzig intakte war, das bislang gefunden werden konnte. Vorher jedoch würde ich Krissm Rt helfen, einen weiteren Schlüssel zu bergen, damit wir beide Zugang zum Erbe – also dem überlieferten Wissen der Syrrtyrrn – bekamen. Natürlich ist mir von Anfang an klar gewesen, dass ich zugleich verhindern muss, dass all dieses Wissen an die Öffentlichkeit gelangt, doch diesbezüglich warte ich lieber die konkreten Instruktionen ab, ehe ich mich mit dem Durchspielen der diversen Möglichkeiten selbst martere und damit meine Effizienz einschränke.

Nachdem mein Auftrag durch den Brief also präzisiert war, ging ich zu Krissm Rt. Ich gab mich angemessen verlegen, bevor ich ihm gestand, im Auftrag des Krynyr Synn dem Erbe der Syrrtyrrn nachzuspüren und dafür seine Hilfe zu benötigen. Als Gegenleistung böte ich Wissen an. Ich könne jedoch, so schränkte ich ein, nicht all seine Fragen beantworten, wolle aber so fair sein, nie zu lügen.

Als ersten Beweis für meinen guten Willen setzte ich an, grob zu umreißen, was es mit dem Orden auf sich hat, gerade so, als würde ich davon ausgehen, dass Krissm Rt noch nie vom Krynyr Synn gehört hatte.

Wie erwartet unterbrach mich Krissm, indem es einräumte, dass ihm der Orden nicht gänzlich unbekannt sei. In seinem Fach, der Archäologie und Geschichtsschreibung, war es bereits mehrfach auf diese Kraft gestoßen, die mal störend, mal fördernd, mal kaum merkbar, dann wieder recht deutlich in seine Arbeit eingriff.

Krissm nutzte nun die Chance, die sich durch mein Geständnis ergeben hatte, nach der Absicht des Ordens zu fragen. Ich erklärte, der Krynyr Synn hätte sich zur Aufgabe gemacht, über das Wohl der Trrk zu wachen, indem er politische, wirtschaftliche und wissenschaftliche Entwicklungen sorgsam verfolge und im Notfall lenkend eingreife, wobei als Maß immer gelte, ob das zu erwartende Ergebnis der Gemeinschaft schaden oder nutzen könne. In welche Kategorie die Entdeckung des Ursprungs gehöre, wollte Krissm Rt daraufhin wissen, und ich erwiderte, das hinge wohl davon ab, was wir dort fänden.

Krissm Rt schwieg einen Moment lang, in dem es mich musterte. Ich versuchte, mich so offen zu geben, wie es ging, damit Krissm wieder Vertrauen fasste. Ich bin nicht ganz sicher, ob es mir gelang oder ob Krissm einfach pragmatisch entschied, die sich durch mich auftuende Informationsquelle zu nutzen.

Jedenfalls gab es sich gelöster, nahm eine Landkarte vom Tisch hinter sich und fragte, ob es den Ort des Ursprungs richtig ermittelt hatte. Es deutete dabei auf eine Untiefe im Ersten Ozean. Ich musste gestehen, dass ich es nicht wusste. Ich räumte ein, dass der Orden vielleicht die Koordinaten schon bestimmt hatte, ich allerdings von diesem Wissen bislang ausgeschlossen war.

Krissm Rt ließ die Karte enttäuscht sinken. Ich wusste nicht, ob sich das auf die fehlende Bestätigung bezog oder Krissm vermutete, dass ich es hinhielt. Zur Sicherheit bot ich ihm an zu erläutern, was ich wusste, und so vielleicht zu prüfen, ob seine Schlüsse richtig waren.

Das Ganze, so begann ich, habe mit den Tempeln zu tun, die aus der Hellen Zeit stammten. Neben den vielen Nachbauten auch aus späteren Epochen existierten ursprünglich achtzehn Originale. Die waren, so sagte es die Legende, von den Großen Göttern selbst errichtet worden. Zumindest aber, da war sich der Orden sicher, entstanden sie im Auftrag der Syrrtyrrn.

Auf jedem der drei Kontinente befanden sich sechs Tempel – jeweils ein Großer und ein Kleiner Haupttempel sowie die dazugehörigen Nebentempel. Bis zu diesem Zeitpunkt hatte man jeweils eine solche Dreiergruppe an der Ostküste des Zentralkontinents Sesstress und im Osten des Südkontinents Kertmessk gefunden, dazu kamen noch die drei Tempel, die Krissm Rt und ich auf unserer Suche nach meinem Elter westlich der ersten drei auf Sesstress entdeckt hatten.

Wenn man auf einer speziellen Karte – eben jener Zeichnung aus dem Schrein Tekkt – alle bekannten Tempel einzeichnet, jeweils die südlichen und nördlichen Nebentempel sowie die beiden Haupttempel eines Kontinents miteinander verbindet und die Geraden verlängert, treffen sich diese in einem gemeinsamen Punkt. Dies, so kann mit einiger Sicherheit angenommen werden, ist der Ort des Ursprungs.

Im Moment stehen für diesen Vorgang allerdings nur die sechs Tempel auf Sesstress zur Verfügung. Dazu kommt eine gewisse Unbestimmtheit der Koordinaten, die aus der Schwierigkeit erwächst, die Daten, die wir nach heutigen Methoden bestimmen, in jene zu transformieren, die für die Lokalisierung auf der Karte aus dem Schrein nötig sind.

An dieser Stelle unterbrach mich Krissm Rt und gab an, dieses Problem vor seiner Abreise hierher gelöst zu haben. Danach befand sich der legendäre Ursprung des Hellen Zeitalters einst auf dem Festland, genau genommen auf einer Insel, die auf der Karte des Schreines

Tekkt noch verzeichnet war. Heute jedoch ist der Ort vom Ozean bedeckt.

Ich gebe zu, dass mich diese Information überraschte. Nicht der Umstand, dass der gesuchte Ort unter Wasser lag, irritierte mich, sondern was das für meinen Auftrag bedeutete. Sollte ich wirklich Krissm Rt dazu bringen, eine Tauchexpedition zu unternehmen? Jeder, der je von Krissm Rt gehört hatte, wusste um seine – gelinde gesagt – Abneigung in puncto größerer Gewässer. Es kokettierte damit sogar vor seinen Studenten, wahrscheinlich um von anderen, weniger harmlosen Schwächen abzulenken. Der Krynyr Synn konnte unmöglich glauben, dass Krissm unter diesen Umständen dem Ort des Ursprungs auch nur nahe kommen wollte!

Doch warum fragte es mich danach, ob es die Koordinaten richtig bestimmt hatte? Und warum war es noch hier, auf dem Grabungsfeld des südlichen Nebentempels von Kertmessk? Es hatte das Auge von Stekk und sicher auch den Schlüssel von R, den mein Elter ihm zweifellos ebenfalls zugesteckt hatte. Mit beidem sollte Krissm Rt eigentlich zu einem Großen Haupttempel unterwegs sein, am besten zu dem, den wir während unserer Suche nach meinem Elter entdeckt hatten, und dort das Erbe der Syrrtyrrn abrufen.

Krissm Rt musterte mich. Ihm war meine Überraschung offenbar nicht entgangen, es interpretierte sie jedoch falsch. Es vermutete, mit seiner Lokalisierung des Ursprungs zu irren. Ich beruhigte Krissm dahingehend, dass mir zumindest keine anderen Koordinaten bekannt seien, und erklärte, was mich verunsichert hatte.

Dies nun schien Krissm Rt zu irritieren. Es habe mitnichten den Schlüssel von R und auch keinen der anderen, von denen es in jedem Kleinen Nebentempel einen gegeben haben musste. Eben deswegen sei es ja hier, um einen funktionsfähigen Schlüssel zu finden. Was mit dem Schlüssel aus dem Besitz meines Elters geschehen sein konnte, wusste es nicht mit Sicherheit. Vermutlich hätten sich Professor Kirrs letzte Worte darauf bezogen, Worte, die Krissm Rt nicht mehr klar verstanden hatte. Etwas wie Raub sei darin vorgekommen und eine eindringliche Warnung. Wovor oder vor wem, das habe mein Elter nicht mehr spezifizieren können, behauptete Krissm Rt. Ich sah ihm jedoch an, dass es in dieser Beziehung sehr wohl eine Vermutung hatte, und ahnte auch, wie diese aussah. Ich erwiderte jedoch nichts, der Gedanke war mir selbst zu neu, als dass ich einen vernünftigen Schluss hätte daraus ziehen können.

Jetzt, da ich hier sitze und die Ereignisse des Vormittags Revue passieren lasse, wundere ich mich, dass ich derart überrascht von jenem Gedanken war. Ich hatte schon mehrfach erfahren – sei es durch Berichte und Gerüchte, sei es dadurch, dass ich selbst entsprechende Aufträge ausführte – dass der Krynyr Synn mehr oder weniger gewaltsam Artefakte an sich brachte, wenn es in seine Pläne passte. Ich versuche gerade, mich zu erinnern, ob es Anzeichen an meinem Elter gegeben hatte, die mir jetzt, im Nachhinein, zeigen konnten, wann ihm wohl der Schlüssel von R abhandengekommen war, doch mir fällt nichts ein. Es gibt kein Indiz, dass der Professor ohne den Schlüssel zu seiner Expedition aufgebrochen war. Womöglich war er deswegen – und nicht wegen des Augcs von Stekk, dessen Auffinden dem Orden zu dieser Zeit möglicherweise noch gar nicht bekannt gewesen war – überfallen worden. Diese Vorstellung beunruhigt mich und ich würde sie gern weit von mir weisen …

Doch zurück zu Krissm Rt und seinem Vorhaben. Es hatte – aus mir unerfindlichen Gründen – gehofft, beim südlichen Nebentempel von Kertmessk, den auszugraben das Team der Universität hier gerade im Begriff war, würde es sich um einen der Kleinen Nebentempel handeln und der hier deponierte Schlüssel sei noch auffindbar. Anhand diverser Details, so sagte Krissm mit einem lauernden Unterton in der Stimme, wisse es inzwischen allerdings, dass dies hier ein Großer Nebentempel sei. Ihm sei nun der Gedanke gekommen, dass man so, wie man den Ort des Ursprungs bestimmte, umgekehrt auch Rückschlüsse auf die Lage der bislang unentdeckten Tempel zu ziehen imstande sein müsste. Es hat die entsprechende grafische Konstruktion auch schon vorgenommen und geht davon aus, dass der so nun auffindbare zweite südliche Nebentempel dieses Kontinents ein Kleiner Nebentempel sein müsste, ein Schluss, der auch zu meinem Wissen passt. Diesen südlichen Kleinen Nebentempel will Krissm Rt also aufsuchen, um dort einen Schlüssel zu finden.

Danach – so Krissm – gibt es zwei Möglichkeiten. Entweder reist es mit Auge und Schlüssel zurück zum Großen Haupttempel auf dem Längengrad Tekkt, also zu jenem Tempel, den wir gemeinsam gefunden hatten. Dort allerdings – und das musste ich ihm bestätigen – würde der Krynyr Synn bereits auf uns warten. Also will Krissm Rt den dritten, den noch unentdeckten Großen Haupttempel aufspüren, der sich auf dem Nordkontinent Temmkerrss befinden muss. Dieser liegt – so Krissm Rt – auf demselben Längengrad wie die Kleinen Tempel von Kertmessk.

An dieser Stelle muss ich eine Ergänzung einfügen. Sie betrifft das weiter vorn in den Aufzeichnungen bereits erwähnte Amulett, dessen Motiv sich in vielen überlieferten Schmuckstücken als Glückssymbol wiederfindet. Es stellt also bei Weitem kein den Schlüsseln oder den Augen vergleichbares Mysterium dar, offenbart seine Botschaft nichtsdestotrotz nur den Eingeweihten. Tatsächlich enthält es nämlich zusätzliche Angaben zur Lage der einzelnen Tempel. Ohne hier ins Detail gehen zu wollen, sei nur so viel erwähnt: Um den südlichen Großen Nebentempel dieses Kontinentes zu finden, bräuchte man theoretisch nur der Verbindungslinie von Ursprung und südlichem Kleinen Nebentempel zu folgen, auf welcher der gesuchte Tempel sich ja befindet. Auf der Karte ist das einfach, doch durch raue Landschaft, über Gebirge und Flüsse hinweg würde es eine kaum zu meisternde Aufgabe darstellen. Im Amulett nun ist verschlüsselt, in welchem Abstand die beiden südlichen Tempel zueinander liegen, so dass man nicht die gesamte Linie absuchen muss, sondern vorab einen konkreten Ort bestimmen kann.

Außerdem deuten – so Krissm Rts Behauptung – einige, vermutlich die sich am strengsten am Original orientierenden, Versionen des Glückssymbols auch die erwähnte Verbindung der Tempel auf Kertmessk und dem Nordkontinent an: Jeweils zwei Tempelgruppen – eine auf Kertmessk und eine auf Temmkerrss – ziehen sich auf demselben Längengrad hin. Ich bin in dieser Hinsicht recht skeptisch, denn ich kann mir nicht vorstellen, dass der Orden einen so simplen Zusammenhang bisher übersehen haben soll. Wenn diese These stimmt, wäre es für den Krynyr Synn ein Leichtes gewesen, von der schon bekannten Tempelgruppe des Südkontinents aus die erste Gruppe auf Temmkerrss aufzuspüren; tatsächlich aber wusste man bis heute nicht, wo diese lag.

Doch zurück zu Krissm Rt: Sein Plan sah nun so aus, dass es sich mit einer Gruppe von Trägern, die es hier in der Siedlung am Grabungsfeld anzuheuern gedachte, auf den Weg entlang der beschriebenen Verbindungslinie von diesem südlichen Nebentempel hier hin zum zweiten südlichen Nebentempel des Kontinents machen wollte. Ich nahm Krissm jedoch die Hoffnung, solche Träger zu finden. Niemand gibt die zwar schwere, aber einträgliche Arbeit bei den Grabungen auf, um für weniger Geld in die Ungewissheit zu wandern. Ich dagegen, so bot ich Krissm an, könne den geheimen Einfluss des Krynyr Synn geltend machen und ein Flugzeug chartern.

Krissm Rt fragte, ob ich dem Krynyr Synn Bericht erstatten würde. Es war sich natürlich klar darüber, dass ich das tun musste, und so hielt ich es für überflüssig, ja sogar hemmend, zu lügen. Weiter fragte Krissm Rt, ob bereits andere unterwegs seien, um im Auftrag des Krynyr Synn das Erbe zu suchen, und ich erklärte ihm, dass der Orden mir geschrieben habe, alle Hoffnung läge auf mir und dem Können Krissms. Die Frage, was aus ihm würde, wenn wir das Erbe gefunden hätten, stellte Krissm Rt nicht.

Es dauerte einen Tag, ehe das Flugzeug kam. Krissm und ich verbrachten die Zeit bei den Grabungen, wobei ich Ausschau hielt, ob unter den Fundstücken das einst hier hinterlegte Auge war. Krissm Rt war nur mit mäßigem Eifer bei der Sache, wahrscheinlich war das Wissen, dass hier kein Schlüssel zu finden sein würde, der Grund dafür.

Als unser Transportmittel dann schließlich eintraf, hatten wir schon gepackt. Der Pilot, der im Übrigen einen Brief des Krynyr Synn bei sich hatte, den er mir in einem geeigneten Moment heimlich übergab, sorgte noch dafür, dass wir von den Kraftstoffvorräten aus dem Grabungslager ein paar Kanister bekamen, um aufzutanken, dann flogen wir auch schon los.

Ich las den Brief, in dem einige Fragen formuliert waren, die mich zum Teil irritierten. Verständlich war mir zum Beispiel die Erkundigung nach Krissms Ambitionen, weitere Augen aufzuspüren, denn meines Wissens war jenes, das der Orden einst im Nachlass eines Stammeskönigs an der Ostküste von Kertmessk entdeckt hatte, nicht intakt, so dass das Auge von Stekk, das Krissm bei sich trug, das einzig derzeit brauchbare war, was wiederum den Entscheidungsspielraum des Ordens erheblich beeinträchtigte.

Die Frage nach der Chance, einen weiteren Schlüssel aufspüren, erschien mir jedoch seltsam – genau dabei sollte ich Krissm Rt doch unterstützen, oder nicht? Als ich darüber nachdenkend von meiner Lektüre aufsah, bemerkte ich Krissms Blick. Es musterte mich unverhohlen, wahrscheinlich war ihm klar, von wem das Schreiben, das ich da gerade las, stammte. Ich schwieg dazu, versuchte jedoch, durch meinen Ausdruck seine Vermutung zu bestätigen. Mehr konnte ich ihm in der Gegenwart des Piloten nicht entgegen kommen.

Zumal mich eine weitere Frage des Krynyr Synn zu beschäftigen begann, nämlich die, ob es günstiger wäre, Krissm Rt den Schlüssel abzunehmen, sobald wir ihn gefunden haben, um dann selbst nach dem Erbe weiterzusuchen. Im ersten Moment wunderte mich die Frage als solche, war ich doch gewohnt, bei derartigen Dingen nicht befragt zu werden, sondern lediglich Anweisungen zu bekommen. War ich so im Ansehen gestiegen, dass man auf meine Einschätzung Wert legte? Ich wusste, dass mir der Gedanke hätte schmeicheln sollen, und dass dies nicht so war, empfand ich als Alarmsignal. Etwas an der Angelegenheit war mir suspekt, ich wusste nur noch nicht, was. Vielleicht lag es in der Antwort, die ich geben würde und die zweifellos lautete, dass Doktor Krissms Fähigkeiten bei solcherlei archäologischen, ja gewissermaßen schatzsucherischen Unternehmen legendär waren und wir ohne diese nur unter vielen weiteren Opfern an das Erbe gelangen würden. Ich würde sicher die alte Vertrautheit zwischen uns zumindest weitgehend wiederherstellen können, so dass …

An dieser Stelle wurde mir klar, was mich an dem Thema störte: Es war das Wort Opfer. Ich stand nun lange genug im Dienst des Krynyr Synn, dass ich mehrfach erfahren hatte, dass Trrk geopfert wurden und zwar nicht nur im übertragenen Sinne. Mir war inzwischen bewusst, dass sogar mein eigenes Elter zu dieser Liste gehörte. Aber Krissm Rt? Ihm den Schlüssel zu entwenden, mochte ja noch zu bewerkstelligen sein, aber es von weiteren Suchexpeditionen abzuhalten, wäre nur auf eine einzige Weise möglich, auf eine Weise, die mir vorzustellen sich alles in mir weigerte. Sollte ich vielleicht die Entscheidung treffen, so etwas zu tun? Warum? Und was, wenn ich es nicht täte? Könnte ich es abwenden? Krissm Rt womöglich für den Orden gewinnen?

Mitten in diese Überlegungen hinein begann das Flugzeug zu schlingern. Das Motorgeräusch schwoll unregelmäßig an und ab. Ich sah Krissm Rt sich an seinen Sitz klammern und den Piloten hektisch an den Steuerelementen hantieren. Dann rief der Pilot uns zu, dass er landen müsse, und wenig später setzten wir auf einem Plateau auf, das zu einem Ausläufer des vor uns liegenden Gebirgszuges gehörte.

Dort sitzen wir nun. Der Pilot werkelt an der Maschine und es macht nicht den Eindruck, als sei er dem Problem oder gar dessen Lösung in den letzten zwei Stunden auch nur ein Stück näher gekommen. Krissm Rt überlegt gerade, ob wir nicht zu Fuß weitergehen sollten. Mir erscheint das vor uns liegende Gebirge mit seinen zerklüfteten Hängen und den düsteren Urwaldflecken allerdings sehr unzugänglich zu sein. Ich werde Krissm vorschlagen, zuerst aus der Luft nach dem Tempel Ausschau zu halten und dann an der nächstmöglichen Stelle zu landen. Dies würde sicher Zeit sparen und – das muss ich an dieser Stelle zugeben – es verkürzt auch die Spanne, die ich mit Rt zusammen sein müsste. Es fällt mir nicht leicht, mich von Rts Nähe unbeeindruckt zu zeigen, und auch Rt scheint Probleme mit meiner Anwesenheit zu haben.

Drei Stunden später: Es wird langsam dunkel. Der Pilot bastelt noch immer an der Maschine herum. Krissm Rt baut ein Lagerfeuer auf und ich wärme uns gerade eine Konserve zum Abendbrot auf. Irgendwo singt ein Vogel und im Busch neben meinem Zelt habe ich vorhin ein kleines weichhäutiges Tier gesehen. Es hatte ein felloses Gesichtchen mit großen schwarzen Augen, die fast wie die Augen eines Trrk aussahen, das gerade seine alten Augenschalen verloren hat. Krissm Rt hat übrigens seine Augenschalen seit unserem Abschied damals gewechselt. Dadurch wirkt es irgendwie jünger, noch anziehender, als ich es in Erinnerung gehabt hatte.

Wir gehen jetzt schlafen. Der Pilot meint, wir könnten morgen früh weiterfliegen, und Krissm Rt sagte, wir würden dann meinem Vorschlag folgen und noch ein Weilchen aus der Luft Ausschau halten, ehe wir es zu Fuß versuchen.

Alles ist anders gekommen. Heut früh erwachten wir von einem schrillen Laut. Als wir aus den Zelten kamen, sahen wir uns von Eingeborenen umzingelt. Sie trugen schlichte Kleider und Furcht einflößende Waffen. Zwei von ihnen beklopften und befühlerten das Flugzeug. Der Pilot wollte gerade einschreiten, als die beiden ihre Untersuchung beendeten und sich einem Trrk zuwandten, das sich durch nichts von den anderen unterschied. Dennoch schien dieses Eingeborene der Führer der Gruppe zu sein, denn auf seinen Wink hin packten die Wilden Krissm Rt und mich, unsere beiden Zelte sowie unsere Sachen und luden alles auf einen zweirädrigen Wagen mit Zugtieren, deren Spezies ich nicht bestimmen kann. Den Piloten ignorierten sie. Krissm Rt rief ihm noch zu, er solle auf uns warten, dann waren wir mit den Eingeborenen auch schon unterwegs, wer weiß wohin. Jetzt eben machen wir eine Pause, in der die Wilden die Sachen auf Packtiere umladen, so dass ich meine Aufzeichnungen ergänzen kann. Andere verstauen den Wagen in einer Felsnische, aus der sie vorher zwei stuhlartige Sättel geholt haben. Krissm Rt versucht krampfhaft, sich mit dem Führer der Eingeborenen zu verständigen, doch es bekommt keine Antwort.

Wieder unterwegs. Man sitzt recht bequem in diesem Sattel, ich kann sogar meinen Bericht weiterschreiben. Die Eingeborenen scheint es nicht zu interessieren, was ich tue, dafür schaut sich Krissm Rt umso häufiger nach mir um. Es amüsiert mich ein wenig.

Nachtlager in einer Höhle. Die Eingeborenen haben ein Feuer entfacht, das behagliche Wärme verbreitet. Ich weiß nicht einmal ansatzweise, wo wir sind. Es ging den ganzen Tag schmale Bergpfade entlang, so verschlungene Serpentinen, dass ich jede Orientierung verloren habe. Krissm Rt dagegen ist sich sicher, dass wir uns inzwischen wieder in unsere gewünschte Richtung bewegen, und es bat mich, sorgfältig auf markante Landschaftszeichen zu achten und – wenn ich sowieso den ganzen Tag nur schreibe – sie aufzuzeichnen. Das werde ich natürlich tun.

Einen Tag später, dieselbe Höhle. Wir haben den Schlüssel, und wir erhielten ihn auf seltsame Weise.

Am Morgen weckten uns die Eingeborenen und führten uns zu Fuß etwa eine Stunde lang auf kaum begehbaren Pfaden in ein Seitental. Es verengte sich zu einer Klamm mit wie poliert aufragenden Wänden. Schließlich gingen wir durch einen hohen Tunnel. Als wir diesen verließen, standen wir vor einem Tor. Es war in den Fels eingelassen, und nachdem die Eingeborenen es geöffnet hatten, erblickten wir eine Halle, deren Ausstattung uns sofort klarmachte, dass wir in einem bedeutenden Tempel der Hellen Zeit standen. Rt sah mich an und seine Freude war so vollkommen, als stände nichts zwischen uns. Das dauerte jedoch nur einen Augenblick: Die Eingeborenen stießen uns an, wir sollten weitergehen.

Mir fiel auf, dass es taghell war, und ich sah nach oben. Da waren Fenster aus einem nach all den Jahrtausenden noch immer klaren Material. Man kannte bislang von keinem Gebäude des Hellen Zeitalters verglaste Fenster, vielleicht ist auch dieses Material kein Glas – Ehrfurcht einflößend war der ungetrübte Blick hinauf in den Himmel allemal.

Dann sahen wir den Schlüssel. Er steckte in einem prachtvollen Halter und schien unversehrt. Rt trat näher. Es holte aus seiner Jacke das Auge von Stekk und setzte den Kristall in den Ring des Schlüssels. Ich sah die Eingeborenen sich verneigen. Krissm Rt griff nach dem Schlüssel und wider mein Erwarten ließen die Wilden es geschehen. Doch dann, als wir uns umwandten, um mit dem Schlüssel zu gehen, traten sie uns in den Weg. Nichts verriet uns, ob sie es feindlich meinten oder uns nur irgendetwas mitteilen wollten.

Eines der Trrk sagte etwas. Die Worte hatten einen anderen Klang als die Sprache, in der sie sich miteinander verständigt hatten. Es kam mir bekannt vor, es erinnerte fern an die Formeln des Krynyr Synn. Das Eingeborene wiederholte die Worte, und jetzt erkannte ich sie als die Schlüsselworte. Ich sprach die Antwortformel. Es war wie ein Reflex, und wenn ich jetzt zurückdenke, kann ich dem Orden einen Vorwurf nicht ersparen. Bei allem Respekt, der den Lenkern des Krynyr Synn zusteht: Auf eine solche Reise hätte man mir die wahre Bedeutung der Formel mitgeben müssen. Der Orden musste gewusst oder zumindest geahnt haben, dass auch die Tempel hier von Hütern bewacht werden, die von den Großen Göttern ihren Auftrag erhalten haben mussten und also dieselben alten Formeln benutzen.

Jetzt, in der Höhle zurück, überlege ich, inwieweit ich Werkzeug sein darf und wann ich selbst entscheiden muss, was das Richtige ist. Erst diese Frage, mit deren Antwort ich Einfluss auf Krissm Rts Schicksal nehmen würde, jetzt dieses offenkundige Versäumnis, das möglicherweise gar keines war. Ich war und bin der Sache des Ordens wahrhaft treu ergeben, doch mit jedem Tag, den ich in seinem Auftrag auf der Suche nach dem Erbe der Syrrtyrrn bin, stellen sich mir Fragen und ändern sich Blickwinkel.

Wenn ich bedenke, dass Krissm Rt trotz der Gefahr, die es von mir ausgehen weiß, sich nicht von mir trennt, wenn ich bedenke, mit welcher inneren Kraft es sucht – ist nicht die Zeit im Kommen, das Geheimnis zu lüften? Ja ich weiß, der Krynyr Synn will die Welt vorbereiteter wissen, will sie besser wissen, in sich stärker, als sie heute ist. Aber – wann wird das je erreicht sein? Um wie viel muss die Trrkheit stärker sein? Was bedeutet stärker in diesem Zusammenhang? Ich wünschte, ich könnte jetzt die Antwort auf diese Fragen bekommen, denn sie beunruhigen mich. Und das nicht nur in Bezug auf meine oder Rts Zukunft …

Die Eingeborenen, die Hüter, haben uns zum Plateau zurückgebracht. Das zweite Flugzeug, das der Krynyr Synn uns nachsandte, als unser Pilot von unserer „Entführung" per Funk berichtet hatte, wollte eben wieder starten. Ich hielt es noch so lange auf, um ihm einen – zugegeben sparsam gehaltenen – Brief mitzugeben. Die Landschaftszeichen, die das Versteck des Tempels im Gebirge anzeigen, gehören nicht dazu. Diese brauche ich noch, denn wir wollen das Gebiet überfliegen, um die genauen Koordinaten des Tempels festzustellen.

Krissm Rt und ich, wir werden dann zum Kap Neu Rrs weiterfliegen. Dort wird das Flugzeug betankt werden müssen. Ich werde versuchen, Krissm Rt zu einer kleinen Pause zu überreden, so dass der Orden mir einen weiteren Brief dorthin senden kann. Das Schreiben, das ich durch den zweiten Piloten erhielt, kann ich erst unterwegs lesen, denn Krissm Rt drängt zur Eile.

Wir flogen noch am Abend los. Im Dämmerlicht war die Landschaft unter uns nur mühsam zu erkennen, und der Pilot drängte Rt schon, zum Plateau zurückzufliegen und am nächsten Tag die Suche neu zu beginnen, als ein Licht unter uns aufflackerte. So aufmerksam gemacht, erkannten wir einige markante Berggipfel wieder, die nahelegten, dass das Licht aus dem Tempel stammte. Meine Vermutung ist nun, dass die Fenster in der Decke der Halle weniger dem Eintritt von Tageslicht dienen als vielmehr zum Austritt des Lichts von Signalfeuern, wie man sie zur Orientierung auf See oder in der Luftfahrt benutzt. Ich teilte Krissm Rt diese Überlegung nicht mit.

Krissm Rt schläft oder es tut zumindest so. Ich habe eben den Brief des Ordens an mich gelesen. Wieder Fragen. Ob Krissm Rt regelmäßig Berichte nach Hause sende. Ob wir nennenswerte Kontakte zu anderen hochrangigen Forschern hätten. Ob Krissm Rt sich dazu geäußert hätte, was es mit den zu erwartenden Erkenntnissen und den zu findenden Artefakten vorhabe. Ob mich Krissm Rt nach den Großen Göttern befragt habe. Hat es nicht. Krissm Rt kennt die Mythologie der Hellen Zeit bestens – zumindest das, was offiziell als überliefert gilt – und das mag ihn im Moment in dem Glauben lassen, alles sei fraglos klar. Aber früher oder später wird ihm auffallen, dass manche Dinge komplexer sind, als es die Legenden vermitteln. Und wenn dann die Sprache darauf kommt, werde ich ehrlich antworten, ihm mitteilen, was ich weiß.

Mir ist klar, dass ich damit das Schweigegelübde des Ordens breche, dass ich mir den Zorn des Krynyr Synn zuziehe und dass man mich dafür strafen wird. Zu behaupten, das sei mir gleichgültig, entspräche nicht der Wahrheit, aber ich bin bereit, das auf mich zu nehmen. Dass ich Krissm Rt liebe – obwohl zwischen uns kaum ein persönliches Wort fällt, weiß ich es nun – ist nur zum Teil ein Grund für diesen meinen Entschluss.

Der andere Teil der Begründung ist, dass ich nicht mehr überzeugt bin, dass unbedingtes Schweigen der richtige Weg ist. Um es beim Namen zu nennen: Was steht denn zu fürchten, wenn ein Außenstehender die Wahrheit erfährt? Die meisten würden es kaum oder gar nicht glauben, die anderen könnten mit dem bloßen Wort nichts anfangen, hätten keine Beweise, und bei dem Versuch, das Wissen weiterzugeben, würde man sie auslachen. Dennoch würde sich die Idee ausbreiten, und wenn dann der Orden nach und nach seine Beweise bekannt machte, könnte man die Trrk allmählich mit dem Gedanken vertraut machen, dass etwas Größeres auf uns wartet. Dass die Syrrtyrrn auf uns warten …

Wir sind am Kap Neu Rrs angelangt. Da ich nicht weiß, welche Order der Pilot vom Krynyr Synn erhalten hat, aber das Schlimmste fürchte, habe ich ihn nicht aus den Augen gelassen und ihm bei erstbester Gelegenheit ein starkes Schlafmittel verabreicht. Dann teilte ich Krissm Rt mit, dass ich um sein Leben fürchte, was zwar etwas übertrieben, aber nicht gänzlich aus der Luft gegriffen war, und dass wir das Erbe so schnell wie möglich finden sollten, um gegen den Krynyr Synn etwas in den Händen zu haben. Ich gestand ihm, das Flugzeug selbst steuern zu können, so dass wir den Piloten nicht brauchen würden. Rt schaut nun, ob das Flugzeug bereits wieder betankt ist, ich schreibe noch schnell ein paar beruhigende Zeilen an den Orden und gebe den Bericht mit der regulären Post weiter. So kann ich sicher sein, dass der Krynyr Synn den Brief erst bekommt, wenn wir bereits weit fort von hier sind.

*

Rstr saß auf der Klippe. Hinter sich spürte es die Wärme des Signalfeuers, neben sich wusste es den Krst. Der Regen war am Tag schwer und heftig gewesen, jetzt rann er wieder ruhig und sanft. Er wob einen grauen Vorhang über dem Meer, so dass Rstr das Festland nicht sehen konnte. Das Trrk wusste seinen Stamm dort irgendwo, aber fast war dieses Wissen so unbestimmt wie das über die Geister. Auf dem Festland konnte alles Mögliche passiert sein inzwischen, Rstr war vielleicht schon zum ewigen Bleiben auf dieser Insel verdammt.

Der Krst stand auf und wandte sich um. Rstr reagierte nicht darauf. Was konnte das Tier schon bemerkt haben – das Rascheln eines durchnässten Tkt im Unterholz, das dumpfe Geräusch einer fallenden Nuss, das Platschen eines Feuchtspringers, der in einer Pfütze seinen Laich verteidigte. Erst als der Krst wie unter Schmerzen jaulte, drehte Rstr sich um.

Der Bunthäuter.

Rstr sprang auf.

Der Bunthäuter stand aufrecht auf den Hinterbeinen und hatte die Vorderpfoten erhoben. Und er gab Laute von sich.

Der Krst hopste zu dem Bunthäuter hinüber, und der Bunthäuter beugte sich herab, um das Tier zu kraulen. Wohlig knurrte der Krst.

Der Bunthäuter sah zu Rstr. Das Trrk streifte mühsam seine Beklemmung ab – es hatte von dem Wesen nichts zu fürchten, es war schwächer als Rstr.

Der Krst sah jetzt ebenfalls zu Rstr. Erwartungsvoll. Rstr ging einen Schritt auf die beiden zu. Dabei dachte irgendein Teil seines Hirns, dass ihm auch kaum etwas anderes übrig blieb, denn jeder Schritt weg von dem Bunthäuter würde Rstr von der Klippe fallen lassen.

Der Bunthäuter verzog den Mund, Rstr wusste nicht recht, wie es das deuten sollte. Als der Bunthäuter keine Anstalten machte, das Trrk anzugreifen, entschloss sich Rstr, die Geste als freundlich einzustufen. Vielleicht war es so etwas wie ein Lächeln. Rstr erwiderte es.

Der Krst bellte und rannte ein paarmal zwischen dem Bunthäuter und dem Trrk hin und her. Der Bunthäuter wies auf das Feuer und deutete dann übers Meer. Offenbar hatte er den Sinn des Signals erkannt. Er war klüger, als ein Tier gemeinhin war. Nun – erinnerte sich Rstr – er war kein Tier, er war ein Geist.

Rstr nickte. Das Geistwesen zeigte auf Rstr, dann auf das unsichtbare Festland, dann auf den Boden der Insel. Wieder nickte Rstr. Der Bunthäuter hielt einen Moment inne, als sei er sich nicht sicher. Rstr breitete einladend die Arme aus. Der Bunthäuter zeigte auf sich, irgendwo nach oben und dann auf die Insel.

„Was?", entfuhr es Rstr.

Der Bunthäuter wiederholte die Gesten.

„Das … Nein!", stammelte Rstr. Der Bunthäuter konnte unmöglich fliegen. Oder? Es gab da so eine Geschichte – Rstr hatte sie von seinem Großelter gehört. Es hatte von uralten Geistern erzählt, die in Booten in der Luft fahren konnten. Sie waren anders als die anderen Geister. Sehr fremd.

So fremd wie dieser Bunthäuter. Der hatte plötzlich einen silbrigen Stein in der Hand, so einen, wie Rstr in der alten Hütte gefunden hatte. Und der Bunthäuter hielt den Stein so, als sollte Rstr ihn sich ansehen. Das Trrk trat also näher. Es streckte die Hand aus, um den Stein zu nehmen, doch der Bunthäuter zog ihn zurück und drehte den Kopf hin und her. Es ähnelte dem verneinenden Kopfwiegen der Trrk. Rstr sah dem Bunthäuter forschend ins Gesicht. Das unruhige Licht des Feuers ließ die Züge des Wesens immer wieder verändert erscheinen. Was der Bunthäuter empfand, konnte Rstr nicht erkennen.

Das Trrk deutete auf den silbrigen Stein und fragte: „Was ist das?" Es erhielt keine Antwort. Es hatte auch keine erwartet.

Der Bunthäuter zeigte hinter sich, auf den Pfad. Der Krst nahm das als Aufbruchszeichen und stürmte davon. Auch der Bunthäuter drehte sich um und ging langsam hinunter. Rstr folgte ihm. Es sah den Stein nicht mehr, erinnerte sich aber auch nicht, dass der Bunthäuter ihn fortgeworfen hatte.

Der Bunthäuter führte Rstr zur Hütte des Trrk, blieb davor abwartend stehen. Rstr trat ein und bat den Bunthäuter mit einer Geste, ihm zu folgen. Drin machte Rstr Feuer, brach eine Ssks-Frucht und reichte dem Bunthäuter eine Hälfte.

Sie aßen schweigend. Der Krst beobachtete sie dabei. Manchmal sah der Bunthäuter auf und lächelte. Dann erwiderte Rstr die Geste. Das Geistwesen griff in eine Hautfalte – oder Kleidungsfalte, verbesserte sich Rstr in Gedanken – und holte den silbernen Stein wieder hervor. Es legte ihn auf den Boden zwischen sich und das Trrk. Rstr langte nach hinten zum Lagergestell, nahm von dort einen kleinen Beutel und holte seinen Stein hervor. Es legte ihn neben den des Bunthäuters. Der starrte den Stein einen Augenblick an und gab dann bellende Geräusche von sich. Der Krst stimmte ein.

Als sich die beiden beruhigt hatten, sagte Rstr, auf sich zeigend: „Ich bin Rstr. Sicher kennst du meinen Namen schon, du bist der Prüfungsgeist, aber … es ist höflich, einander beim Namen zu nennen. Wie soll ich dich nennen?"

Der Bunthäuter neigte den Kopf. Er sah dadurch wie der Krst aus, wenn er etwas erbetteln wollte. Dann nahm er Rstrs Silberstein und betrachtete ihn aufmerksam. Er schien nicht zufrieden mit dem, was er sah. Rstr überlegte, ob es jetzt den anderen Stein nehmen sollte, doch da griff der Bunthäuter schon danach. Er zeigte auf Rstr, dann auf den Stein und dann auf sein Ohr. Rstr wusste nicht, was das sollte. Es verstand es auch nicht, als der Bunthäuter die Gesten wiederholte, und das Geistwesen schien sich darüber zu ärgern.

Doch es grollte nicht lange. Es zeigte auf sich und gab ein paar Töne von sich. Sie waren in sich gestaltet wie ein Vogelruf, klangen aber so kehlig wie die Laute des Krst.

Der Bunthäuter wiederholte die Laute hartnäckig. Endlich begriff Rstr – der Bunthäuter nannte ihm seinen Namen. Es klang wie Ktm. Rstr versuchte, die Laute nachzubilden, und der Bunthäuter nickte erfreut. Dann wies er fragend auf Rstr und das Trrk nannte seinen Namen. Es klang eigenartig, wie das Geistwesen ihn aussprach, es war auch nicht ganz richtig, klang ein wenig nach Krrsskr – ein Vogel des Festlandes – aber man konnte es halbwegs erkennen.

Ganz anders die Worte, die Ktm und Rstr danach zu tauschen versuchten. Sie gingen dabei nach dem einfachen Zeige-und-Sage-Prinzip vor, das die Zehn Stämme benutzten, wenn ihre Jäger auf fremde Trrk stießen. Das kam in letzter Zeit immer öfter vor und deshalb lernten schon die Kinder, welche Begriffe man brauchte, um sich einigermaßen zu verständigen.

Das Problem mit dem Bunthäuter war, dass er die Worte, die Rstr sagte, zwar unterscheiden aber nicht aussprechen konnte. Mit seinem Mund konnte er die Geräusche der Sprechzangen nur sehr unvollkommen nachahmen. Andererseits konnte Rstr die Worte des Bunthäuters nicht formulieren, auch wenn es sich sehr mühte, durch Öffnen und Schließen des Mundes den Resonanzraum für die darunter liegenden Sprechzangen zu variieren. Angeblich sollte es Trrk geben, die auf diese Weise sprachen, Rstr fühlte sich bald, als hätte es seit Stunden überreife Sst-Nüsse aufgenagt.

Irgendwann tief in der Nacht gab Rstr auf. Es bedeutete Ktm, dass es schlafen wolle und dass er bleiben konnte. Ktm nickte verstehend, legte sich in der Nähe des Feuers auf den Boden und schloss die Augen. Der Krst kroch heran und schmiegte sich an den Bunthäuter.

Rstr legte sich ebenfalls hin, doch es konnte nicht einschlafen. Was bei allen Schöpfern war das nur für ein

Geist, der sich einen derart eigenartigen Körper schuf? Wenn der Geist sich schon so etwas ausdachte, um nicht an die fehlende Denkkraft eines normalen Tieres gebunden zu sein, warum hatte er seiner Fleischwerdung nicht die Möglichkeit eingeräumt, mit einem Trrk zu sprechen? Vielleicht war es ja einer dieser uralten Geister, die Luftboote besaßen. Doch auch dann hätte er sich passende Sprechwerkzeuge schaffen können. Es sei denn – Rstr wagte es es kaum zu denken – Ktm war gar kein Geist. Den Schöpfern sagte man nach, dass sie nicht direkt mit den Trrk sprechen konnten. Aber sie waren schon von unzähligen Generationen weitergezogen, um andere Welten zu erschaffen. Diese hier hatten sie der Obhut der Geister und der Trrk übergeben. Kamen sie nun zurück, um zu prüfen, ob Geister und Trrk ihre Schöpfung gut gepflegt hatten? Rstr richtete sich von seinem Lager auf und sah zu Ktm und dem Krst hinüber. Die beiden schliefen friedlich. Keiner von ihnen sah aus wie ein Schöpfer, fand Rstr, doch was wusste es schon davon, wie die Schöpfer ausgesehen hatten. Das Trrk legte sich wieder hin. Es hatte keinen Sinn, zu grübeln, wenn man so wenig wusste. Und mit diesem Gedanken schlief es ein.

*

Wir sind gelandet. Unsere Flucht aus Kap Neu Rrs erfolgte, ohne dass wir uns hätten ausruhen können, und der Regen und die Dunkelheit der Nacht hatten das Navigieren sehr erschwert. Doch jetzt sind wir auf dem Nordkontinent Temmkerrss, auf dem richtigen Längengrad, und wir haben einen wichtigen Vorsprung vor dem Krynyr Synn.

Man kann das Meer von hier aus sehen. Krissm Rt fragte mich vor ein paar Minuten, warum ich ihm jetzt helfe, und ich sagte, weil ich es liebe. Rt lächelte – und schlief ein. Ich bin mir zum ersten Mal seit Langem wieder völlig sicher, das Richtige zu tun.

Ich lege mich jetzt ebenfalls hin. Wir haben noch einen wichtigen Weg vor uns.

Wir haben ein weiteres Auge. Kaum dass wir heute Nachmittag gestartet waren, sahen wir schon die Ruinen des südlichen Großen Nebentempels von Temmkerrss vor uns. Auf dem harten Steppenboden rundum ließ es sich gut landen, doch die Gebäude waren von Wind und Wetter so zerfressen, dass wir nicht hofften, noch irgendetwas Brauchbares darin zu finden. Tatsächlich war auch viel beschädigt worden, zum einen von den Trümmern, als vor offenbar geraumer Zeit das Dach einstürzte, zum anderen durch die danach nahezu ungehindert wirkenden Naturgewalten. Aber entweder war auch dieser Tempel gegen Räuber geschützt worden oder es gab hier einfach niemanden, den die Gegenstände in den Ruinen interessierten – wir fanden beschädigte und unbeschädigte Statuen, Reliefplatten, sogar mit Edelsteinen verzierte Schmuckgegenstände oder zumindest Bruchstücke davon. Einer dieser Steine war das Auge. Es scheint intakt zu sein.

Wir übernachten hier, am Tempel. Rt fragte mich vorhin, was meiner Meinung nach das Erbe sein könnte. Ich war einen Moment lang irritiert, war ich doch davon ausgegangen, Krissm Rt hätte zumindest eine Vorstellung. Ich erklärte ihm, dass es sich nach allem, was mir bekannt war, nicht um ein Artefakt handelte, sondern um Wissen im weitesten Sinne. Womöglich ist eine bedeutsame Botschaft, vielleicht auch der Schlüssel zu neuen Entdeckungen. Krissm Rt erschien mir wenig überrascht und sagte, es verstünde nun, warum der Krynyr Synn so versessen auf das Erbe sei. Die Macht, die ihm durch dieses Wissen zufließen würde, wäre immens, und dies sei ohne Frage – abgesehen von der halboffiziellen Behauptung, der Orden sorge sich um das Wohl der Trrkheit – ein starker Beweggrund für all die fragwürdigen Aktivitäten des Krynyr Synn.

Während Rt das sagte, sah es mich mit einem Blick an, der mich zum Widerspruch aufforderte. Ich tat ihm den Gefallen und erklärte, dass die zu gewinnende Macht sicher reizvoll war, doch der Orden sie nicht um ihrer selbst willen anstrebte. Ziel war nichts weniger als die Einheit und die daraus erwachsende Stärke der Trrk-Gesellschaft. Früher hatte man versucht, die Welt unter die Herrschaft einer auserwählten Familie zu bringen, was man durch gesteuerte Hochzeiten zwischen den Adelshäusern zu erreichen gedachte. Heute ging es dem Orden vor allem darum, wichtige Schaltstellen der Politik und Wirtschaft unter seinen Einfluss zu bekommen. Zwar kontrolliert er dadurch nicht, wie die Flüsterer verbreiten, das gesamte Weltgeschehen, aber er greift doch in vielfältigster Weise immer wieder formend ein.

Als ich das sagte, schaute mich Rt fassungslos an. Ich war verunsichert: War es überrascht, dass ich so offen gesprochen hatte? Hatte es mit einem weniger weitreichenden Einfluss des Krynyr Synn gerechnet? Vielleicht sogar mit einer gänzlich anderen Antwort?

„Der Krynyr Synn", sagte Krissm Rt schließlich, „maßt sich also an, zu entscheiden, was gut für die Trrkheit ist. Auf welcher Basis Einheit entsteht, was Stärke ist. Mit welchem Recht, Kirr Ssn?"

Darauf konnte ich keine Antwort geben. Ich kann es jetzt – Stunden später – noch immer nicht. Ich kenne natürlich die Begründung für das Tun des Krynyr Synn, ich bin schließlich Ordensmitglied. Die erstrebte Einigkeit sei, so heißt es, Voraussetzung dafür, in den Kreis der

Syrrtyrrn, der Großen Götter aufgenommen zu werden. Ich bezweifle das keine Sekunde, es erscheint mir in höchstem Maße sinnvoll. Aber es ist nicht die Antwort auf die Frage, die Rt stellte: Mit welchem Recht legt der Krynyr Synn – und zwar nur er – fest, wie diese Einheit auszusehen hat? Was Stärke bedeutet? Und wie sie zu erringen ist?

Die Welt ist ein wenig anders heute. Die Regenschleier sind aufgerissen und der Krynyr Synn mobilisiert in diesen Stunden wahrscheinlich all seine Kräfte gegen uns. Vielleicht erwacht jetzt eben der Pilot in Kap Neu Rrs, doch das wird dem Orden nichts bringen, denn das Schlafmittel erzeugt für wenigstens noch zwei Tage eine vollständige Amnesie. Der Krynyr Synn hat schon immer über sehr effektive Drogen verfügt.

Rt sitzt vorn am Steuer. Dafür, dass es erst dreimal selbst geflogen ist, beherrscht es die Maschine ganz hervorragend. Ich muss mich immer wieder daran erinnern, aus dem Fenster nach dem Tempel Ausschau zu halten, statt Rt anzusehen. Ich sollte auch das Schreiben verschieben, bis ich mehr Ruhe dazu habe.

Da ist er also: der Große Haupttempel von Temmkerrss. Es ist schon dunkel und sosehr wir beide auch darauf brennen, endlich das Erbe zu sehen, ist es wirklich klüger, die Ruinen bei Tageslicht zu betreten. Auch diese Gebäude sind alt und morsch, wer weiß, wann zum letzten Mal ein Trrk seinen Fuß hinein setzte. Es könnte etwas einstürzen. Wir könnten etwas zertreten. Vielleicht haben wir auch nur Angst, die Seele des hiesigen Altars genauso zerstört vorzufinden wie im Großen Haupttempel von Kertmessk.

Rt und ich erwachten weit vor Sonnenaufgang. Wir kochten uns ein ausgiebiges Frühstück, aßen betont langsam, und als es dann hell wurde, nahmen wir einander – so kitschig es klingen mag – an den Händen und traten durch das zerfallene Tor. Die Räume waren gestaltet, wie wir es aus dem Großen Haupttempel Sesstress kannten, wenngleich die dortige Pracht hier fehlte. Wir wussten, wo wir den Altar zu suchen hatten, und wir fanden ihn dementsprechend schnell. Der Raum, in dem er stand, war unversehrt. Staubig zwar, aber ganz. Und so auch der Altar. Rt nahm den Schlüssel aus der Tasche, prüfte den Sitz des Auges im Ring des Schlüssels und führte dann den Kristall in die dafür vorgesehene Öffnung.

Nichts geschah. Rt sagte, dass vielleicht der Staub in die Konstruktion eingedrungen war und sie beschädigt hatte. Ich erinnerte, dass auch das Auge oder der Schlüssel defekt sein könnten. Keins von allem traf zu. Wir bemerkten es, als Rt versuchte, den Schlüssel im Schloss zu drehen. Hörbar klickend rastete er irgendwo ein. Ein leises Schleifen ertönte aus dem Innern der Seele des Altars, dann begann ein Summen. Es dauerte an und wir befürchteten schon, einen Zerstörungsmechanismus in Gang gesetzt zu haben. Rt drehte den Schlüssel, zog ihn aus dem Schloss – doch das Summen hielt an. Wir eilten hinaus. Nein: Eilten ist untertrieben – ich glaubte jeden Moment, der Tempel würde samt Rt und mir in die Luft fliegen.

Er tat es nicht. Also gingen wir nach einer Weile wieder hinein. Rt steckte erneut den Schlüssel ins Schloss und drehte ihn. Wieder ertönte dieses Schleifen, doch statt des Summens klickte etwas und der Gefrorene See, der große Kristall in der Mitte des Altars, begann sanft zu leuchten. Zeichen entstanden darauf.

Ich kannte diese Zeichen.

Es waren die Symbole der Großen Götter.

„Was ist das?“, fragte Rt und sah mich erwartungsvoll an.

Ich antwortete: „Vielleicht eine Botschaft. Aber ich kann sie nicht entschlüsseln.“ Dann erklärte ich Rt, welches Symbol für welchen der Götter stand. Es hörte mir aufmerksam zu, wartete auf irgendetwas, doch ich musste es enttäuschen – mehr als nur die Namen und die Charakteristika der von den Zeichen symbolisierten Götter konnte ich ihm nicht mitteilen.

Wir begannen zu überlegen, ob in den Zeichen, in der Anordnung der Symbole ein weiterer Schlüssel verborgen sein konnte, etwas, das vielleicht mit den Nischen zu tun hatte, in denen im gesamten Tempel verteilt die Götterstatuen standen.

Wir kamen zu keinem Ergebnis. Also zeichnete Rt die Botschaft in sein Notizbuch ab und streckte die Hand aus, um den Schlüssel und das Auge wieder an sich zu nehmen. Es drehte den Schlüssel. Mir fiel auf, dass es ihn in dieselbe Richtung bewegte, die die Botschaft aufgerufen hatte. Ich wollte es Rt sagen, doch es hatte es wohl eben selbst bemerkt und den Schlüssel schon andersherum gedreht. Er rastete in der vorherigen Stellung ein – und das Bild auf dem Großen Kristall änderte sich.

Uns war sofort klar, dass wir wohl das Erbe der Syrrtyrrn gefunden hatten. Und tatsächlich: Mit jeder Drehung des Schlüssels wurde ein neues Bild sichtbar. Zeichnungen erschienen, Schriftzeichen und Zahlen, die Rt von Funden aus der Hellen Zeit kannte und die mir zudem durch die Formeln des Krynyr Synn vertraut waren. Es gab keinen Zweifel mehr: Vor uns lagen die Aufzeichnungen der Großen Götter, ihre Botschaft für uns, die Trrk.

Während ich dies schreibe, zeichnet Rt bereits eine weitere Darstellung ab. Ich vermute, spätestens jetzt bereut Krissm, keine Fotografieausrüstung mitgenommen zu haben. Aber er hat natürlich recht. Sie und all die nötigen Fotoplatten wären zu sperrig für Expeditionsgepäck gewesen. So bleibt uns nichts weiter als die klassische Dokumentationsmethode. Es muss inzwischen wenigstens das hundertste zu erfassende Bild sein, und noch ist nicht abzusehen, wie viele solcher Darstellungen die Syrrtyrrn uns hinterlassen haben.

Es ist später Abend. Rt hat ein kleines Feuer entfacht, das uns in der Nacht wärmen soll. Licht hätten wir, wenn auch nicht üppig, so doch genügend, vom Leuchten des Sees des Wissens. Vielleicht, so vermutet Rt, ist der Kristall eine Art Bildleinwand für eine uns ungewohnte Form Fotografie. Ich bezweifle, dass diese Vereinfachung der Realität gerecht wird, denn der Bildaufzeichner der Götter dürfte technisch kaum etwas mit den üblichen Kameras zu tun haben – allein die Menge an nötigen Platten hätten das Fassungsvermögen der Apparatur wohl gesprengt.

Rt bittet mich zum Abendessen. Danach wollen wir weiter das Erbe sichten. Hoffen wir nur, dass wir genug Zeit haben, ehe der Krynyr Synn uns aufstöbert.

Rt zeichnet. Es ist schon so zur Routine geworden, dass es nebenbei mit mir sprechen kann. Es sagte eben, es wundere sich. Rt hat – wie alle, die sich damit beschäftigen – angenommen, die Trrk des Hellen Zeitalters seien hoch entwickelt gewesen. Immerhin hinterließen sie uns prächtige Bauten, verblüffende Technik – wie diesen Informationsapparat hier – und erstaunliche Erkenntnisse, von denen manche erst heute dank der modernen Wissenschaft verstanden werden. Es sei zwar nachzuvollziehen, meint Rt, dass die Trrk damals noch an Götter glaubten, doch dass sie – intelligent, wie sie waren – diesen Göttern derart viel Einfluss zugestanden, sei zumindest merkwürdig. Als Figuren in lehrreichen Geschichten würde Rt die Götter ja noch akzeptieren, aber dass man sie als Schöpfer der Welt verehrte …

Während Rt davon sprach, wurde mir bewusst, dass ich ihm noch immer nicht offenbart habe, was es mit den Großen Göttern auf sich hat, dass sie eben keine Fantasiegestalten waren. Natürlich muss es annehmen, die Botschaften, die es so sorgsam notierte, seien von Trrk verfasst worden.

Ich überlege gerade, ob ich es ihm sage. Die Zeit ist reif dafür. Oder? Zumal Rt mich da auf eine merkwürdige Diskrepanz aufmerksam macht. Die Großen Götter, so weiß es der Orden, haben die Trrk zwar ein winziges Stück ihres Entwicklungsweges begleitet, sie diverse Dinge gelehrt, die zwischenzeitlich dem Vergessen anheimgefallen sind und nun mühsam wiederentdeckt werden – aber die Welt war von ihnen nicht geschaffen worden. Sie und auch das Urvolk der Trrk gab es bereits, als sie kamen.

Ich sollte darüber schlafen. Rt wird mich wecken, wenn ich mit dem Abzeichnen weitermachen soll. Wir brauchen jede Sekunde Vorsprung vor dem Krynyr Synn.

Mittag, meine Hand ist fast steif vom vielen Schreiben und Zeichnen. Aber wir haben es geschafft, alle Bildtafeln zu notieren. Die Folge wiederholt sich nur noch. Rt nimmt den Schlüssel jetzt an sich.

Und wir müssen eine Entscheidung treffen. Ohne ein intaktes Auge kann der Krynyr Synn das Erbe nicht lesen. Der Orden wird also versuchen, uns das Auge – beide

Augen, wenn er von unserem Fund erfährt – abzujagen. Wenn wir die Kristalle aber zerstören würden, wären wir beide die einzigen Trrk, die das Erbe besitzen, und der Krynyr Synn müsste auf unsere Bedingungen eingehen. Er könnte jedoch genauso gut die Geheimhaltung favorisieren und uns töten. Egal, was wir tun – nichts verringert unser Risiko. Also lassen wir die Seele des Altars und auch die Augen unbeschädigt, in der Hoffnung, dass diese Schätze einmal allen Trrk zugänglich sein werden.

Wir fliegen südwärts. Hoffentlich reicht der Treibstoff noch bis zum Kap Neu Rrs. Wir haben viel davon verbraucht, als wir zum nördlichen Großen Nebentempel flogen, um dort das letzte Auge zu bergen. Der Tempel liegt jedoch im Eis eingeschlossen, uns fehlte die nötige Spezialausrüstung für unser Vorhaben.

Wir geraten wieder in die Zone der Regenzeit. Man kann nur noch wenig erkennen. Außerdem haben wir kaum noch Treibstoff, auch die Reservekanister aus dem Laderaum sind alle leer. Wir werden landen müssen und ich habe keine Ahnung, wo.

Wir sind gelandet. Oder besser: Wir sind abgestürzt auf, genauer vor einer Insel. Ich habe mich dabei etwas verletzt, so dass jetzt Rt allein versucht, aus dem Flugzeug zu retten, was zu retten ist. Die Maschine steckt mit der Schnauze voran im Sand einer Bucht und sie wird über kurz oder lang umkippen und das Wasser wird alles aus dem aufgerissenen Rumpf spülen, was nicht befestigt ist.

Während Rt also unser weniges Hab und Gut rettet, schreibe ich. Ich habe mir die Zeichnungen vom Erbe angesehen und glaube, einzelne Worte zu erkennen, einige Zahlen. Vielleicht gelingt es uns ja, die Botschaften der Götter – oder doch besser der Syrrtyrrn – zu entschlüsseln. Ich hoffe, dabei etwas Bestimmtes zu finden: den Tag der Wiederkehr. Denn wiederkehren müssen sie ja, wie sonst sollten sie prüfen, ob wir reif genug für die Aufnahme in ihre Gemeinschaft sind …

Rt fragte mich gerade, warum ich sicher bin, dass sie uns nicht im Geheimen längst beobachten. Spontan erwiderte ich, dass der Orden das sicher wüsste, woraufhin Rt belustigt lächelte.

Es hat nicht gänzlich unrecht damit: Der Krynyr Synn neigt gelegentlich zur Selbstüberschätzung, wie mir inzwischen klar ist, und könnte bei aller Spitzelei so etwas durchaus übersehen. Es ist ja nicht gesagt, dass die Syrrtyrrn unter uns weilen müssten, sie könnten ohne Weiteres über die Mittel verfügen, uns aus dem All zu beobachten. Oder sie sind als Tiere getarnt, denn immerhin gehören sie meist weichhäutigen Spezies an.

Andererseits gehört zu den inoffiziellen Überlieferungen aus dem Hellen Zeitalter, dass, als die durch die Großen Götter beschleunigte Entwicklung der Trrk-Gesellschaft zu tiefen Verwerfungen in ihr führte, die damaligen Oberhäupter beschlossen, den weiteren Einfluss der Syrrtyrrn zu unterbinden. Diese hatten der Bitte stattgegeben, stellten jedoch in Aussicht, man sei wieder für uns bereit, wenn wir es für die Syrrtyrrn wären. Und vielleicht enthält ihr Erbe ja Hinweise, wie wir das erreichen können. Einigkeit jedenfalls scheint ein wesentliches Merkmal dieses Zustandes zu sein, der uns für einen erneuten Kontakt mit den Syrrtyrrn geeignet scheinen lässt. Insofern ist die Arbeit des Ordens – so sehr ich seine Methoden inzwischen auch zu hinterfragen bereit bin – wohl durchaus sinnvoll.

Dass das Wissen um all dies auch einen Machtfaktor darstellt, wie Rt andeutet, will ich nicht leugnen. Wer in der Lage ist, die Syrrtyrrn zu rufen, den Großen Göttern glaubhaft zu machen, dass wir bereit seien, wird auch Einfluss darauf haben, was die Syrrtyrrn für uns tun. Dieser Einfluss in falschen Händen – ich mag mir das gar nicht ausmalen.

Rt hat inzwischen alles Brauchbare aus dem Flugzeug geborgen und macht sich daran, das Nachtlager herzurichten. Zeit für mich, meine Notizen für heute abzuschließen. Womöglich werden nicht wir, also Rt und ich, den Syrrtyrrn einst gegenüberstehen, aber vielleicht unser Kind, welches ich seit unserer ersten Nacht trage. Noch ohne dass Rt es weiß natürlich, ich fürchte mich ein wenig, es ihm zu sagen, und vielleicht werde ich das auch nie. Schon um Rt nicht erpressbar zu machen, denn wer weiß, wie der Orden diesen Umstand nutzen würde. Natürlich heißt das, dass ich durch nichts verraten dürfte, von wem ich das Kind empfangen habe, aber im Vertuschen und Geheimhalten wurde ich recht gut geschult. Wie auch immer: Nach außen werde ich selbstverständlich weiterhin den treuen Arm des Krynyr Synn spielen, doch insgeheim … Nun ja, wir werden sehen.

*

Der Raumknoten lag direkt vor ihnen. Ein Seil führte vom Bug des Schiffes durch den Knoten hindurch und etwas am anderen Ende zog daran. Ines Braun konnte nicht sehen, was das war, aber sie wusste, dass das Schiff zerbrechen würde, wenn es den Knoten passierte. Also schob sie den Steuermann beiseite und griff ins Ruder. Sie stellte es auf vollen Rückwärtsschub. Ohne Erfolg.

Fest an das Seil gebunden trieb das Schiff zum Knoten hin. Schon tauchte der Bug in den Knoten ein. Das Schiff schrie auf, Stanislaws Stimme mischte sich ein. Ines zerrte an den Steuerknüppeln, doch Stan schrie und schrie und schrie …

Ines Braun wachte schweißgebadet auf. Sekundenlang rang sie nach Atem. Dann verlangte sie Licht. Behutsam glomm die Beleuchtung in ihrem Quartier auf, bis die Frau Stopp befahl. Braun schaute zur Uhr. Es war zu spät, um noch einmal einzuschlafen. Also stand sie auf, ging zum Sanitärraum. Sie gönnte sich eine Wasser-Dusche. Der Schweiß wurde abgespült und mit ihm die Verzweiflung der Nacht. Ein dumpfer Kopfschmerz blieb zurück.

Jetzt einen Kaffee! Stark und süß. Anziehen, noch einen Kaffee. Dann trat Braun auf den Gang hinaus, ihr Arbeitstag begann.

Auf dem Weg in die Zentrale traf sie nur wenige Besatzungsmitglieder. Es war noch sehr früh; wer jetzt unterwegs war, unternahm den letzten Weg in seiner Schicht.

In der Zentrale lag Schweigen. Auf dem Bildschirm zogen langsam die Sterne vorbei, im Zentrum ruhte ein Stern, der stetig größer wurde. Er gehörte zur Sol-Klasse und hatte einen Planeten. Braun trat zum Captainssessel und tippte den kommandierenden Offizier an. „Mr. Harrison?“

Der Zweite Offizier schrak auf. „Captain! Sie sind früh dran heute.“

„Ich weiß.“

John Harrison räumte den Kommandoplatz für Braun. „Wir erreichen Kelton in viereinhalb Stunden, Sir, bei aktuellem Tempo. Sein Planet ist erdähnlich.“

„Danke, Mr. Harrison. Sie können jetzt Feierabend machen, wenn Sie möchten.“

„Aye, Captain. Und … herzlichen Glückwunsch zum Geburtstag, Sir."

Braun nickte dankend. Sie wurde sechzig heute, kalendarisches Alter. Rechnete man die Zeitverzögerungen ein, die sie während ihrer ersten Dienstjahre auf den Out-of-Orbit-Ships erfahren hatte, wurde sie siebenundfünfzig. Der Chefarzt der Horizon hatte seinem Captain bei der letzten Generaluntersuchung ein biologisches Alter von etwa fünfundvierzig Jahren beschieden. Folgte man dieser Rechnung, hatte Ines Braun noch nicht einmal die Hälfte ihres Lebens erreicht. Gemessen an der durchschnittlichen Lebenserwartung. Raumschiffkommandanten erreichten diese hundertzehn Jahre allerdings nur selten.

Stan war zweiundsechzig chronologische Jahre alt geworden.

Ines Braun schob den Gedanken von sich. Auch nach drei Monaten hatte sie noch Probleme, es als Unfall zu akzeptieren.

„Mr. Skah", wandte sie sich an den Copiloten am Sensorpult. „Wie weit sind wir mit den Standardmessungen dieses Gebietes?"

„Die Grundmessungen sind vollständig, Sir. Der Keltonsektor ist praktisch komplett kartografiert."

„Abweichungen zu den Föderationsdaten?"

„Nein. Da gab es sowieso nicht viele. Die sind wohl nicht oft in diesem Gebiet."

„So wird es wohl sein. Bereiten Sie Ihr Erfassungsprogramm auf einen Geschwindigkeitswechsel vor, Mr. Skah, wir beschleunigen. Ms. Ko?"

„Captain?", fragte die Pilotin.

„Ich möchte in drei Stunden im Orbit von Kelton eins sein. Ist das machbar?"

Toniha Ko kontrollierte die Raumfelder und nickte dann. „Ja, Sir, kein Problem. Wir könnten es sogar in zwei Stunden schaffen."

„Gehen Sie von drei Stunden aus", erwiderte Braun. „Mr. Skah kann so noch ein paar Daten mehr sammeln. Vielleicht brauchen wir sie."

„Aye, Sir", bestätigte Ko. „Beschleunige … jetzt."

Braun glaubte, den Andruck zu spüren. Es war ein gutes Gefühl, so als übertrage sich die Kraft der Maschinen auf die Menschen und deren Stärke wüchse zu einer kaum zu brechenden Macht an. Und sie, Ines Braun, befehligte diese Macht.

„Sir?", brach Jussef Skah in Brauns Gedanken ein. „Die Daten lassen den Schluss zu, dass es Leben auf Kelton eins gibt. Oder geben könnte."

„Zeigen Sie her!" Sie stand auf und ging zum Sensorpult. Skah machte ihr Platz. „Die Luft scheint …", murmelte Braun vor sich hin und rief noch mehr Daten ab. Sie studierte sie ein paar Sekunden lang, dann drehte sie sich um. „Ms. Ko, machen Sie eine Sonde fertig und starten Sie sie, sobald Sie soweit sind! Programm neun."

„Aye, Sir", erwiderte Toniha Ko, während sie auf ihrem Pult hantierte. „Sonde, Programm neun. In achtzig Sekunden, Captain. Sensorkanal zwei?"

Braun nickte. „Ja, und auf mein Pult."

„Aye, Sir. Liegt an."

Braun setzte sich wieder in den Captainssessel und schwenkte das Kleine Pult zu sich heran. Sie tippte die Ruftaste in der Armlehne ihres Sessels an. „Biologische Abteilung?"

„Gunawan hier", meldete sich der Chefbiologe.

„Guten Morgen, Kalhid. Wir steuern eben Kelton eins an. Der Planet ist möglicherweise belebt. Möchten Sie

die entsprechenden Sondendaten auf Ihr Terminal, wenn
sich das bestätigt?"

„Nein." Braun hörte ihn gedämpft etwas zu jemandem
neben sich sagen, dann fuhr er fort: „Ich komme in die
Zentrale, wenn es Ihnen nichts ausmacht."

„Kein Problem. Bis gleich." Braun schaltete ab. Sie
beobachtete die Daten, die von der Sonde geliefert wurden. Die Anzeichen, dass es eine nennenswerte Biosphäre auf Kelton eins gab, mehrten sich. Braun fühlte,
wie ihre Stimmung sank. Sie mochte belebte Planeten
nicht.

„Captain?"

Braun sah zu der Frau auf. Tineko Sanchez.

„Melde mich zum Dienst, Sir", sagte der Erste Offizier
und lächelte. „Und herzlichen Glückwunsch zum Geburtstag, Captain."

Braun bedankte sich knapp. Sie deutete auf ihr Pult.

„Leben?"

Der Captain nickte. „Ziemlich üppig sogar, wie es aus-
sieht." Die Sonde begann gerade, detaillierte Spektren
zu übermitteln.

„Wann erreichen wir den Planeten?", fragte Sanchez
und Toniha Ko antwortete: „In zwei Stunden fünfzig Minuten etwa." Die Pilotin drehte sich um und sah Tineko
an. „Die Sonde erreicht den Orbit in fünfundsiebzig Minuten."

Sanchez nickte und blickte fragend zu Braun. „Soll ich
einen Erkunder fertigmachen lassen?"

„Nicht bevor die Sonde im Orbit ist. Ich will vorher
mehr Fakten." Braun stand auf. „Ich bin im Bereitschaftsraum." Sie verließ die Brücke.

Die Tür schloss sich hinter der Frau mit einem kleinen
beleidigten „Pfft". Ines Braun ging um den Tisch herum
und setzte sich. Sie stellte das Bereitschaftspult auf den

Kanal der Sonde und öffnete auf dem Computerterminal einen Bericht über die Generaldurchsicht des Antriebes. Braun überflog den Text. Alles war bester Ordnung. Sie mochte es, wenn alles bester Ordnung war. Es löste zwar nicht gerade jubelnde Freude in ihr aus, aber es tat gut, sich auf das Schiff verlassen zu können.

Braun lehnte sich zurück und schloss die Augen. Sie fühlte sich müde, alt. Sie hätte Stans Bitte nicht nachgeben dürfen, ihm als Erster Offizier auf die Horizon zu folgen. Selbst wenn dieser Unfall am Knoten nicht passiert wäre – als sie sich in diese Position manövrieren ließ, stand sie automatisch wieder auf der Anwärterliste auf ein eigenes Kommando. Und – verdammt noch mal! – sie war nicht zum Captain geboren. Die Verantwortung erdrückte sie, die Aufgabe war so groß, so raumgreifend, dass sie nichts von der Frau Ines Braun übrig ließ.

Es war nicht gut, darüber nachzudenken.

Sie blätterte in den Berichten der letzten Woche. Sie blätterte ein wenig in den Karten der Sektoren, die die Horizon seit dem Knoten durchflogen hatte, und sie blätterte in den ersten Karten, die unmittelbar nach dem Sprung entstanden waren. Sehr ausführliche Karten, denn bei der Suche nach den beiden vermissten Erkunderbooten hatten die Sensoren der GS3 jeden Kubikzentimeter dieses Sektors durchkämmt. Erfolglos. Braun vertiefte sich in die Daten – vielleicht hatte sie ja etwas übersehen …

Die Tür des Bereitschaftsraumes öffnete sich. Kalhid Gunawan stand draußen. Braun winkte den Chefbiologen herein. „Und? Konnten Sie schon einen Blick auf die Daten werfen?"

„Ja", antwortete Gunawan, während er sich Braun gegenüber an den Tisch setzte. „Es handelt sich um eine überraschend artenreiche Biosphäre."

„Wieso überraschend?"

„Die meisten Planeten, die wir fanden oder die wir aus den Föderationsaufzeichnungen kennen, sind nicht so üppig ausgestattet. Man merkt ihnen noch an, dass sie einst terraformt wurden.“

„Naja, vielleicht sind die Mhalm damals hier einfach mehr in Spiellaune gewesen.“ Sie lächelte. Sie mochte die Mhalm beziehungsweise das, was man über sie erzählte. Laut der Föderationsunterlagen waren sie eine uralte humanoide Spezies, die schon vor Tausenden Jahren tote Planeten in lebentragende Welten verwandelt hatten. Viele der Völker im Föderationsgebiet verstanden sich als ihre Nachfahren. Und waren es meist auch.

„Der Komplexität nach, die ich nach ersten Scans vermute, muss Kelton eins zu den ältesten Mhalm-Planeten gehören. Das würde erklären, warum sich aus den einst wenigen Spezies so viele entwickeln konnten. Sie hatten die Zeit dafür. Andererseits …“

„… waren die Mhalm erst spät hier draußen“, ergänzte Braun. „Sagen zumindest die Aufzeichnungen. Aber wir wissen ja schon, dass die nicht ganz stimmen können. Wir haben bisher einfach schon zu viele Mhalm-Planeten gefunden.“

„Stimmt, aber darauf wollte ich nicht hinaus. Sie sind doch selbst Terraformer …“

Sie winkte ab. „Das ist lange her.“

„Ja, aber Sie wissen schon noch, wovon wir hier reden, Ines, oder? Soweit wir wissen, sind die Mhalm uns extrem ähnlich gewesen. Samt ihrer Bioumwelt. Deshalb ähneln sich nicht nur so viele Föderationswelten, auch wir passen in die Muster rein. – Aber das hier, Ines, geht darüber hinaus.“

Sie hatte das Gefühl, dass sie nicht wissen wollte, was er meinte. Sie fragte trotzdem.

„Die Planeten, die wir seit dem Knotendurchgang gefunden haben, waren in sich ähnlicher als zu denen aus der Föderationsdatenbank. Was sich dadurch begründen ließe, dass sie in einer engeren Zeitspanne als die anderen belebt wurden. Allerdings sind sie auch zunehmend erdkompatibler. Nicht ähnlich, Ines, echt kompatibel. So wie Wöltu oder Warén. Was, wenn diese Welten gar nicht von den Mhalm geformt wurden?"

Braun versuchte zu verstehen, worauf Gunawan hinaus wollte.

„Was …", er beugte sich zu ihr vor, „… was, wenn die Reisende Gruppe hierfür verantwortlich ist?"

„Die aus den warénischen Legenden?"

Gunwan nickte.

„Die ist jünger als die Mhalm. Vielleicht ein jüngerer Ableger der alten Terraformer."

„Was, wenn nicht?"

„Mr. Gunawan!" Jetzt beugte auch sie sich vor. „Sie sind Evolutionsgenetiker, Sie kennen die Daten. Die Waréner sind uns Menschen so verwandt, als wären sie neben uns aufgewachsen. Auch wenn wir nicht viel von den Wanderern wissen, aber dass sie auf der Erde Frühmenschen aufgesammelt haben und einige sich davon dann später auf Warén ansiedelten, ist so ziemlich das einzig Belegte in der ganzen Sache. Ihre Stammlinie konnte zweifelsfrei auf unsere Urmutter zurückgeführt werden. Und die Tiere und das Grünzeug, das die Siedler bei der Ankunft auf Warén dabei hatten, stammte zum Teil auch von der Erde."

Gunawan sank in sich zusammen. „Stimmt", gab er zu. „Das hatte ich aus dem Blick verloren."

Braun versuchte, ihn zu trösten. „Nun ja, wir haben auf unserem Weg so eine riesige Menge an Biodaten gesammelt, da kann man schon mal die Übersicht verlieren. Sogar die Föderationswissenschaftler tun sich schwer mit der systematischen Einordnung, und die sind schon ein ein, zwei Jahrhunderte länger damit beschäftigt. Wussten Sie, dass einer von denen auch schon mal eine erste Terraforming-Welle vermutet hat?"

„Nein. Wer?"

„Weiß nicht mehr, irgendein unaussprechlicher Name. Angeblich wurde er auch widerlegt." Sie beugte sich etwas zu ihm. „Sehen Sie es mal so, Kalhid: Wenn wir wieder zu Hause …"

Der Piepton der Bordkommunikation unterbrach sie. „Ja?"

„Sir, würden Sie bitte mal rüberkommen?", fragte Tineko Sanchez.

„Was ist denn?"

„Ich glaube, es gibt Menschen auf Kelton eins. Zumindest sehen sie so aus."

John Harrison träumte von seiner Frau. Claire trug das Sommerkleid von ihrem ersten Date und fütterte gedankenverloren ihren Mustang mit Karottenstückchen. John wusste, dass sie wusste, was er ihr gleich sagen würde, und das ließ ihn zögern. Eine weitere Mission mit der GS3 Horizon, diesmal für reichlich zwei Jahre geplant – so hatten sie das nicht ausgemacht, als er Ende 2299 für die Horizon-Crew anheuerte. Er hatte es nur als Karrieresprungbrett nutzen und danach zur Passagierflotte der Raumsicherheit wechseln wollen. Es gab dort jedoch keine Stelle für ihn, das Kontingent auf diesen im erdnahen Raum agierenden Schiffen war eng begrenzt.

Ein schriller Ton bohrte sich in Harrisons Traum und schob sich zwischen ihn und Claire. Sie drehte sich danach um, Trauer im Blick, wusste, dass er gerufen wurde. Er wollte es ignorieren und Claire Hoffnung zusprechen, aber der Ton zerrte an ihm und zog ihn weg von ihr …

… und ließ ihn aufwachen. Die Bordkomm. Harrison sagte „Ja?" und schaute dabei zur Uhr auf dem Nachttisch. Kurz vor acht.

„Entschuldigen Sie, dass ich Sie weckte, Mr. Harrison", sagte der Captain. „Ich muss Sie etwas früher zum Dienst bitten."

‚Etwas früher ist gut', dachte er und fragte: „Was ist denn los?"

„Es gibt eine Zivilisation auf dem Planeten."

„Verstehe." Als Sicherheitschef übernahm er in solchen Fällen die Koordinierung der Erkundereinsätze. „Ich bin sofort da."

Als er zehn Minuten später die Brücke betrat, prangten auf dem Hauptbildschirm Luftaufnahmen aus einer kleinstädtisch anmutenden Siedlung. Man sah – durch die Perspektive verzerrt – Humanoide die Straßen entlang laufen und es gab trotz der frühen Morgenstunde, die dort unten herrschte, etliche von Vieh gezogene Karren, die mit verschiedensten Dingen beladen waren.

„Lhalm?", fragte Harrison, während er zu seinem Pult ging.

„Oder Kono oder Famayaner oder eine ganz andere Spezies", erwiderte Toniha Ko. „Menschentypus jedenfalls, mehr lässt sich von hier aus nicht sagen."

„Vielleicht sogar Mhalm", ergänzte Gunawan, dessen Anwesenheit Harrison dadurch erst bemerkte.

„Nachfahren der Mhalm höchstens", präzisierte Captain Braun und veränderte den Bildausschnitt. Die Umrisse der Stadt wurden sichtbar, sie schien von Feldern umringt zu sein. Der Zoom wurde noch schwächer, jetzt war zu erkennen, dass Siedlung und Felder auf einer der

Küste vorgelagerten Insel lagen. Sie füllten deren Fläche fast vollständig aus, nur auf der zum Meer hinaus gerichteten Seite gab es einen breiten Streifen Waldes. Es schien keine Verbindung zum Festland zu geben, zumindest konnte Harrison am dortigen Ufer keine Zeichen von Siedlungstätigkeit oder ähnlichem ausmachen.

„Haben Sie das Team schon zusammengestellt?", fragte Harrison.

Braun verneinte.

„Ich würde gern mit runtergehen", sagte Gunawan.

„Unter Umständen landet das erste Team gar nicht", erwiderte Harrison. „Wir müssen erstmal sehen, ob uns die Bewohner wahrnehmen."

„Wenn Sie mitten auf dem Marktplatz runterwollen, ganz bestimmt. Die sind ja sicher nicht blind. Ich dachte, dass wir abseits der Insel …"

„Captain?", unterbrach ihn Tineko Sanchez. „Sehen Sie!" Sie deutete zum Hauptbildschirm, auf dem sie über dem Realbild ein Sensorschema eingeblendet hatte. „Dort, auf dem Festland. Da scheint es eine Siedlung im Wald zu geben."

„Gibt es eine Verbindung zur Insel?"

„Sekunde!", bat Harrison und checkte die Anzeigen seines Pultes. „Ja", erklärte er dann und fügte eine weitere Darstellungsebene auf dem Hauptbildschirm dazu. „Es gibt ein weitverzweigtes Höhlensystem auf dem Festland und einen Tunnel zur Insel hinüber. Es sieht so aus, als hätte das System seinen Ursprung in natürlichen Höhlen gehabt, die dann ausgebaut wurden."

„Bergbau?", vermutete Gunawan.

„Wahrscheinlich", sagte Harrison.

„Okay." Braun stand auf. „Fangen wir dort an, bei der Bergbausiedlung. Die Versteckmöglichkeiten sind im Wald besser." Dann ging sie in ihren Bereitschaftsraum.

„Bitte nur keinen Enthusiasmus", murmelte Jussef Skah, gerade laut genug, dass die anderen es hören konnten.

„Was erwarten Sie denn?", fragte Ko. „Es ist ja nicht so, als wäre das der erste bewohnte Planet, den wir bisher gefunden haben. Wir brauchen nur eine Skizze, echte Feldforschung können die nach uns machen."

„Dafür bin ich aber nicht in die GS-Flotte gegangen. Ich dachte, als Erkunder kann ich was erkunden."

„Können Sie gern", erwiderte Harrison, „auch wenn Sie offiziell den Status noch gar nicht haben. Aber uns fehlen im Moment die Leute. Also gehen Sie mit einem Erstkontakter aus der soziologischen Abteilung runter! Am besten Mardan Lahiri, der kennt die Föderationskataloge dieses Sektors ganz gut. Vielleicht stellt er Ähnlichkeiten zu schon verzeichneten Kulturen fest."

*

„Warten Sie, warten Sie, warten Sie!", rief Djormin und hob die Hände. „Warten Sie mal!"

Talikisi Oina wartete.

„Also", versuchte Djormin, sich zu sammeln. „Hab ich das richtig verstanden, dass jeder Knotendurchgang irgendwie das Weltall durcheinanderbringt?"

„In einfachen Worten?", fragte Oina.

„Ich bitte darum!"

„Ja."

„Und … eh … Das bedeutet?"

„Die Auswirkungen können ganz verschieden sein. Faktisch ist nichts unmöglich. Bedenken Sie, es handelt sich um Veränderungen bezüglich aller physikalischen Gesetze unseres Raumes! Junge Knoten – das heißt Passagen, die noch nie oder nur sehr selten durchquert werden wie in den materiearmen Bereichen des Terranischen Sektors und bei Ihrer noch jungen Raumfahrt, also bei diesen Knoten sind die Auswirkungen sehr gering. Sie merken sie gar nicht. Hier, näher am Zentrum, ist allein die Beanspruchung durch Durchbrüche natürlicher Objekte ungleich größer. Dazu kommt, dass unsere Völker die Knotenreisen lange vor Terra entwickelt und ausgeführt haben. Die Passagen sind sehr instabil geworden."

„Was passiert, wenn ein Knoten kollabiert?"

„Es kann sein, dass nichts passiert. Es kann sein, dass er Materie auswirft. Es kann sein, dass er sich in einen anderen Knotentyp wandelt. Es kann sein, dass der betreffende Raumbereich verseucht wird, das heißt, dass es dort zur Aufhebung einiger Konstanten kommt, dass Zeitverwerfungen auftreten, dass …"

„Wieso wissen wir davon nichts?", unterbrach Djormin den famayanischen Astrophysiker. „Ich meine, wieso hat die Föderation das unserer Raumfahrtbehörde nicht mitgeteilt?"

„Das haben wir", behauptete Oina. „Ich selbst habe sowohl im ersten Datenaustauschpaket an das terranische Galaxy-Ship Hope die entsprechenden Gleichungssysteme zur Knotendynamik …"

„Das ist nicht Ihr Ernst!"

„Wie bitte?"

„Knotendynamik? Um Himmels willen, was glauben Sie denn, wann unsere Leute darauf kommen, so eine Superbeanspruchung zu simulieren?! Wir reden hier von … wie vielen Durchgängen, ehe es kracht? Tausend? Zehntausend?"

„Etwa in der Größenordnung, ja."

„Haben Sie eine Ahnung, wie weit wir von solchen Zahlen noch entfernt sind?! Mit sowas rechnet doch keiner!"

„Ich bin nicht verantwortlich dafür, wenn Ihre Wissenschaftler …“

„Okay“, unterbrach Djormin und holte tief Luft. „Okay. Natürlich. Sie haben ja recht. Es wäre trotzdem effizienter gewesen, es uns einfach so zu sagen.“

Oina nickte. „Ja. Das wäre es wohl gewesen.“

„Gut. Und … Und was bedeutet das alles nun in diesem konkreten Fall?“

„Wir sind nicht zu hundert Prozent sicher, das ist man bei solchen Berechnungen nie, aber der Reststrahlung nach den Durchgängen nach zu urteilen, sind Ihre anderen Schiffe versetzt worden.“

„Und wohin?“

„Wenn wir recht haben, dann ist es nur eine zeitliche Versetzung. Das Boot müsste danach etwa drei oder vier Ihrer Monate in die Vergangenheit versetzt worden sein, das Mutterschiff zirka sieben oder acht Monate.“

Djormin lehnte sich zurück und stieß die Luft aus. „Das … hört sich doch so übel nicht an.“

„Plus einige Promille Ortsabweichung.“

„Wie viel?“

„Unerheblich. Wahrscheinlich würden das Ihre Sensoren nicht einmal bemerkt haben.“

„Na gut. Wir … das heißt, wir müssen eigentlich nur an den Knoteneingang fliegen und dort auf die Horizon warten, um sie daran zu hindern, durch den Knoten zu fliegen.“

„Nein.“

„Wieso nicht?“

„Weil sie den Knoten ja schon passiert hat. Die Horizon ist in die Vergangenheit geraten, nicht wir. Das heißt, in den letzten sieben oder acht Monaten gab es zwei Schiffe – das, mit dem Sie hierher gekommen sind, und das, das von diesem Sektor aus seiner Mission folgte.“

Djormin versuchte, sich das vorzustellen.

„Das Einzige, was wir für Sie tun können, ist, der Horizon zu folgen und Sie zurückzubringen."

„Welcher Horizon?"

„Im Moment gibt es nur eine. Hoffentlich."

Djormin gab auf. „Bringen Sie mich einfach hin, okay?"

*

Ines Braun blätterte in den Föderationskatalogen, obwohl sie wusste, dass es lediglich extrem spärliche Angaben über den Kelton-Sektor darin gab. Schon der Bereich kurz hinter dem Knoten lag zwar offiziell im Hoheitsgebiet der Föderation, war aber nur recht grob kartografiert worden. Hier, noch weiter draußen, schien man wenig Interessantes zu vermuten. Wenn, was wahrscheinlich war, sich irgendwann ein engerer Kontakt zwischen Planetarer Föderation und Terranischem Bund ergab, würde sich das vermutlich ändern. Dann wäre dies hier ein häufig benutzter Korridor zwischen den beiden Einflussbereichen. Ein paar potentielle Basis-Planeten für menschliche Außenposten hatten sie immerhin schon entdeckt. Zivilisationen, die ein Partner für den Bund sein könnten, allerdings noch keine. Auch wenn das nicht zum offiziellen Auftrag bei dieser Mission gehörte, hatte das Flottenkommando doch Stan und ihr nahegelegt, nach solchen Zivilisationen Ausschau zu halten. Stanislaw hatte das ernst genommen. Sie nicht. Was sollten sie mit Verbündeten hier draußen, in der Zone zwischen Erde und Föderation? Und selbst wenn: Das hatte mit Politik zu tun und war damit wirklich nicht ihr Metier.

Der Rufton der Bordkommunikation ließ Braun von den Daten aufblicken. Sie drückte die Empfangstaste. „Ja?"

„Weber hier“, klang eine Frauenstimme aus dem Lautsprecher. „Captain, kann ich Sie mal sprechen?“

„Ja, natürlich. Was gibt es denn?“

„Es betrifft die Knotengleichungen der Föderation.“

Braun horchte alarmiert auf. „Ja?“

„Ich …“, Frauke Weber zögerte. „Ich weiß wirklich nicht, ob es wichtig ist, aber … Ich … Vielleicht ist es wirklich nichts … Entschuldigen Sie, ich wollte Sie nicht belästigen.“ Es klang, als würde sie die Verbindung unterbrechen wollen.

„Warten Sie!“

„Ja, Sir?“

„Wo sind Sie jetzt?“

„Im astrophysikalischen Labor.“

„Bleiben Sie da, ich komme zu Ihnen.“ Braun stand auf. Sie meldete sich beim Ersten Offizier ab und verließ ihren Raum.

Im Labor fand sie die Astrophysikerin vor dem Hauptbildschirm stehend, auf dem Weber mittels Mobilterminal mit Tausenden verschiedenfarbiger Notizzettel jonglierte. Einige der darauf erkennbaren Formeln kamen Braun vertraut vor.

„Ms. Weber?“

Sie fuhr herum. „Captain!“ Sie schien nervös.

Braun versuchte, die Lage zu entspannen. „Sind Sie allein?“

„Was? Ja. Nein. Die anderen sind essen gegangen. Ich weiß, ich hätte erst einen Kollegen fragen sollen, bevor ich Sie kontaktiere, Sir, aber …“ Sie machte eine unbestimmte Geste.

„Was gibt es denn?“ Braun betrachtete die Notizen. „Was ist das?“

„Knotengleichungen.“

„Ja, das dachte ich mir schon. Sie wirken fremd.“

„Fremd? Oh! Verstehe. Es sind die Originalgleichun-gen aus den Föderationsdateien, nicht die angepassten, mit denen wir meistens rechnen."

„Aha. Und?"

„Sehen Sie das da?", fragte Weber und ließ einen der Zettel aufleuchten.

Braun versuchte, die komplexen Terme den ihr ver-trauten zuzuordnen.

„Das ist der Stan… der Knoten, durch den wir gekom-men sind."

„Okay. Und?"

„Sehen Sie den zweiten Quotienten im Zeit-Term fünf? Wir deuten die beiden Koeffizienten-Funktionen normalerweise als zwei Bestandteile der Archibald-Konstante …"

„Krümmungseinfluss und Niveaubrücke, ich weiß. Und?"

„Was, wenn das nicht stimmt? Was, wenn die beiden Teile was ganz anderes sind und die Archibald-Konstan-te gar keine Konstante ist?"

Braun versuchte sich vorzustellen, was das für Auswir-kungen haben könnte. Sie scheiterte an der Komplexität der Formeln.

„Sir, wenn man an dem, was wir als Niveaubrücke deuten, herumspielt, bricht die ganze Gleichung."

Braun erinnerte sich vage, konnte den Gedanken aber nicht dingfest machen. „Was heißt das?", fragte sie statt-dessen.

„Vielleicht einen Zeitsprung."

Braun sah Weber skeptisch an. „Eine Diskrepanz im Zeitlauf?" Sie schüttelte den Kopf. „Das haben wir schon vor drei Monaten ausgeschlossen."

„Ich meine auch keine Diskrepanz, Sir. Ein Tag vor dem Knoten entspricht einem dahinter, das bleibt schon so. Aber es ist nicht derselbe Tag. Vielleicht ist es auch nicht dasselbe Universum, ich bin mir da noch nicht sicher."

Braun starrte zum Bildschirm. Sie glaubte zu sehen, was Weber meinte, zugleich war es so unvorstellbar, dass sie das Gefühl hatte, den Verstand zu verlieren.

„Es ist absurd, ich weiß", sagte Weber und starrte mit Braun gemeinsam auf die Notizzettel. „Ich glaube, die Niveaubrücke ist gar keine Niveaubrücke, sondern ein einfacher Zähler. Wenn man ihn klein hält, passiert kaum etwas an der Gleichung, erst wenn er steigt, wird das Ganze zunehmend … naja, brüchig eben."

„Wie klein?"

„Das variiert. Ich hab das mit verschiedenen bekannten Knoten durchgespielt. Beim Warén-Knoten zum Beispiel liegt der Bruchpunkt bei etwa dreizehntausend, bei Krösus drei schon bei dreitausend. Es gibt auch Fälle, da liegt der Wert in den Zehntausendern."

„Und beim Stan-Knoten?"

„Knapp unter neuntausend."

Brauns Gedanken wurden hektisch. ‚Neuntausend. Knotenpassagen vielleicht. Massendurchfluss? Brüchig. Die Welt? Zeitsprünge. Zeitreisen. Raumzeit, Raumzeitverwerfungen. Risse. Brüche, Zeitreisen, Vergangenheit. Oder?'

„Vergangenheit oder Zukunft?", fragte sie.

„Was meinen Sie?"

„Bei so einem Bruch, kommt man da in die Vergangenheit oder die Zukunft?"

„Ich … bin nicht sicher."

„Ich denke, Sie haben es durchgerechnet."

„Ja. Es ist nur … Eher Vergangenheit. Aber der Spielraum ist klein, nur wenige Änderungen am Zähler und es könnte ein Sprung in die Zukunft sein. Oder auch ein

Kollaps des ganzen Gefüges. Das ist alles recht wirr. Womöglich stimmen auch meine Interpretationen …“

„Rechnen Sie weiter! Und … eh …“, sie sah Weber eindringlich an, „… kein Wort zu irgendjemandem! Ich will keine wilden Spekulationen in der Besatzung. Okay?“

„Ja, Sir. Natürlich, Sir.“

Harrison verfolgte am Bildschirm, wie das Erkunderboot in die Atmosphäre des Planeten eintauchte und sich von der Landseite in einem weiten Bogen der Bergbausiedlung näherte. Stirnrunzelnd bemerkte er, dass das Boot dabei einen dünnen Kondensstreifen hinterließ, zum Glück löste der sich aber rasch auf.

Sanchez, die im Kommandosessel saß, fragte: „Sehen Sie schon was, Jussef?“

„Nur Bäume“, erwiderte Skah. „Wir werden ganz schön Krach machen, wenn wir durch das Blätterdach brechen.“

„Dann tun Sie's nicht!“, sagte Harrison. „Suchen Sie eine Lichtung oder sowas!“

„Das wäre ein langer Fußweg. Vielleicht … Verdammt!“

„Was ist?“

„Ich glaube, die haben uns gesehen.“

„Sagten Sie nicht gerade, Sie sehen nur Bäume?“, erwiderte Sanchez.

„Jetzt nicht mehr! Da war eine kleine Lücke und da waren ein paar Leute unten. Haben wir die Sonde noch im Orbit, können Sie mal nachsehen?“

„Machen wir.“ Sanchez nickte Ardy Kusuma zu, der Skahs Platz an der Sensorstation übernommen hatte. Dieser stellte die Sondensteuerung auf manuell. Auf dem Hauptmonitor teilte sich das Bild und die Außenaufnahmen der Sonde wurden eingeblendet.

Harrison zoomte den Bereich um die Bergarbeitersiedlung heran. Einen knappen Kilometer davon entfernt glitt das Erkunderboot über die Wipfel. Harrison suchte die Lücke, von der Skah gesprochen hatte, und zog die Vergrößerung dann noch weiter hoch. Tatsächlich wurden kleine Gestalten auf der Lichtung sichtbar. Sie schienen jedoch nicht beunruhigt zu sein. Fast schon gemütlich hockten sie auf dem Boden oder saßen auf zwei der niedrigen Steinkuppen, die aus der Erde ragten.

„Mr. Skah", berichtete Harrison, „es sieht nicht so aus, als seien Sie entdeckt worden. Die Leute sind recht entspannt. Ich gehe mal noch näher … Da kommt noch einer. Einer zeigt nach oben, in den Himmel, der andere schaut hoch. Wäre es ein Mensch, würde ich sagen, er ist nur mäßig überrascht."

„Sie meinen, die kennen fliegende Fahrzeuge?", fragte Mardan Lahiri. „Das wäre erstaunlich, bei der Technik, die wir auf der Insel sahen."

„Soll ich jetzt bei der Lichtung landen oder eine andere suchen?", wollte Skah wissen.

Harrison zögerte.

Sanchez drehte sich fragend zu ihm um.

„Ja, tun Sie's in Gottes Namen! Aber Vorsicht! Sie könnten Waffen tragen."

„Wer könnte Waffen tragen?", fragte Ines Braun, die unbemerkt die Zentrale betreten hatte. Harrison wunderte sich einen Moment lang, dass sie offenbar vom Gang her und nicht aus ihrem Zimmer gekommen war. Sie blickte zum Hauptbildschirm. „Ah, ich seh schon. – Alles in Ordnung da unten, Mr. Skah?"

„Ja Sir, ich … Sekunde, das wird jetzt etwas knifflig …"

Auf dem Sondenteil des Bildschirms sah man, wie das Boot langsam über die Lichtung glitt und dann in der Nähe durch das Blätterdach tauchte. Die Leute auf der

Lichtung blickten in die entsprechende Richtung, als würden sie den Geräuschen der Landung zuhören. Einer stand auf und machte Anstalten, in den Wald zu gehen. Die anderen teilten seine Neugier offenbar nicht, sie blieben entspannt sitzen.

„… so, wir sind unten", meldete Skah. „Und nun?"

„Wir sollten warten, ob jemand kommt", meinte Lahiri. „Hat die Sonde Waffen geortet?"

„Nein", antwortete Harrison. „Außer der Kleidung haben die Leute nichts an sich. Einer müsste übrigens jeden Moment auftauchen."

„Haben wir schon Angaben zur Spezies?", fragte Braun und sah dabei zu Gunawan.

Der schien überrascht davon zu sein, gefragt zu werden. „Ich nicht", antwortete er. „Die Biodaten reichen noch nicht und die Perspektive ist zu verzerrt. Ich tippe noch immer auf ein Volk aus der Mhalm-Linie."

„Das könnte passen", erklang Lahiri. „Wir können den Mann jetzt sehen. Er wirkt wie ein Lhalm, nur nicht so massig."

„Also wie ein Mensch", schlussfolgerte Sanchez.

„Naja. Nein. Wirklich eher wie ein schlanker Lhalm."

Harrison verstand nicht, wo da der Unterschied lag.

Als Lahiri zu einer Erklärung ansetzte, sagte Braun. „Sie haben das hier ja im Griff, Mr. Harrison. Mr. Kusuma, stellen Sie mir bitte das Sondenprotokoll auf den Terminal in meinem Raum? Danke."

Als Braun verschwunden war, fragte Gunawan: „Hat sie was? Ich meine …", er wies mit theatralischer Geste zum Hauptbildschirm.

Niemand antwortete ihm.

Während unten auf Kelton eins der erste Kontakt stattfand, starrte Braun auf die Sondenaufzeichnungen vom

Siedlungsgebiet. Sie vertraute darauf, dass ihr unge-
wöhnliche Dinge auffallen würden, in Gedanken war sie
bei den Knotengleichungen. In ihr hatte sich die Vorstellung festgesetzt, dass die Horizon beim Knotendurchgang in die Vergangenheit geraten war. Die Spanne von
acht Monaten geisterte durch ihr Hirn. Drei davon hatten
sie praktisch schon wieder aufgeholt, so lange lag der
Knotendurchgang zurück. Braun versuchte, sich zu erinnern, wo sie vor reichlich fünf Monaten gewesen waren.
Irgendwo bei Fergusson, wenn sie sich nicht irrte, einem
Sol-Klasse-Stern mit acht Planeten. Sie hatten einen davon als möglichen Basisplaneten eingestuft und dann
auf einem anderen Leben gefunden. Erdähnlich oder
Mhalm-typisch, das machte keinen großen Unterschied.
Damals waren alle noch ganz aus dem Häuschen deswegen gewesen.

Was, wenn es gelänge, dieser Horizon eine Nachricht
zukommen zu lassen? Dann wäre jetzt niemand hier,
um die Nachricht zu senden. Das klassische Paradoxon.
Braun war mit jeder Faser ihres Körpers bereit, zu testen,
was tatsächlich geschehen würde.

Aber die Chance dafür war gering. Selbst wenn Weber
so einen Sprung in die Vergangenheit nachweisen und
die konkrete Sprungdistanz berechnen könnte – die andere Horizon war viel zu weit weg, um ihr noch recht-
zeitig ein Signal zu senden. Ja, wenn sie Tausende Jahre
in der Vergangenheit wären! Das hätten die Astronomen
aber nach dem Durchtritt bemerkt, die Änderungen der
Sternenkonstellationen wären deutlicher gewesen.

Vor Brauns Augen lief gemächlich das Grün des Planeten über den Monitor. Gleich musste die Insel am
Bildrand auftauchen …

Und was, dachte Braun, wenn sie nicht die Horizon
kontaktierte, sondern sich auf die Erkunder konzentrier-

te? Wenn diese keinen Sprung erlebt hatten? Das würde erklären, dass sie sie nicht gefunden hatten. Vielleicht könnte die Horizon an den Knoten zurückfliegen und dort auf die Erkunder warten. Dann war allerdings die Rückkehr gefährdet. Die reinen Energiereserven waren auffüllbar, aber der Modulationskern, das Herzstück des GS-Antriebes, war ein Verschleißteil. Schon jetzt bestand das Risiko, dass sie es nur bis zu den äußeren Sternbasen schaffen würden. Braun hoffte auf die Sicherungsreserve, mit der könnten sie vielleicht bis zu den Transpluto-Stationen fliegen.

Die Sonde erreichte die Insel.

Natürlich waren das alles sehr spekulative Gedanken. Noch stand nicht einmal fest, ob die Horizon überhaupt einen Zeitsprung erlebt hatte. Und wenn ja, in welcher Größenordnung. Und wie es den Erkundern ergangen war. Und ob …

Etwas flirrte auf dem Monitor.

… Webers Deutung überhaupt stimmte.

Das Flirren wiederholte sich. Braun hielt die Aufzeichnung an. Im Standbild war es jetzt deutlich zu sehen: Über dem Waldstreifen am äußeren Rand der Insel schien etwas die Luft flimmern zu lassen. Vielleicht war es aufsteigende Wärme. Aber so klar begrenzt?

Braun zoomte näher heran, versuchte, die 3-D-Kapazität der Aufnahme voll auszureizen. Bei der Entfernung, aus der das Bild entstanden war, war der Spielraum nicht nennenswert groß. Trotzdem hatte Braun den Eindruck, es mit einer Kuppel zu tun zu haben, die sich über diesen Bereich spannte. „Nicht schon wieder“, murmelte sie. Leben, Zivilisation, Kuppel – diese Kombination hatte nie ihr Gutes gebracht.

Braun griff nach der Ruftaste, um Harrison auf die Kuppel aufmerksam zu machen. Doch sie zögerte. Vermutlich hatte die Brückencrew das Phänomen längst bemerkt und als so ungefährlich eingestuft, dass man keinen Grund sah, den Captain zu informieren. Der Gedanke, die Kuppel ignorieren zu können, klang verlockend. Zu verlockend, um gerechtfertigt zu sein. Wahrscheinlich wussten die drüben nur noch nichts davon.

Sie ging hinüber und trat zu Kusuma ans Pult. Er hatte alle operativen Sensoren auf den Bereich der Bergarbeitersiedelung ausgerichtet. Auf dem Hauptbildschirm lief die Übertragung vom ersten Kontakt. Dieser schien entspannt, ja fast routiniert abzulaufen.

„Mr. Kusuma", bat Braun leise, um niemanden sonst beim Verfolgen der Kontaktvorgänge zu stören, „haben Sie Kapazitäten für einen kleinen Scan der Insel frei?"

„Wie klein, Sir?"

„Der Bereich hier." Sie zeigte auf die Stelle. „Ich will nur versuchen, unter die Baumkronen zu schauen."

„Kein Problem." Kusuma nahm ein paar Schaltungen vor.

„Ich ruf es mir auf dem Beobachterplatz ab", sagte Braun und ging zu dem Kleinen Terminal, an dem schon Gunawan die für ihn interessanten Daten verfolgte. Sie aktivierte den zweiten Pultmonitor und begann, den Bereich der Kuppel zu untersuchen. Dass Gunawan ihr von der Seite her neugierig zuschaute, ignorierte sie.

Viel war es nicht, was die Sonde liefern konnte. Sie war noch immer über der Siedlung geparkt, das äußere Ufergebiet der Insel lag im gerade noch erfassten Randgebiet der Sondensensoren. Trotzdem reichte es, um Brauns Laune sinken zu lassen: Es gab eindeutig eine wenn auch nicht sehr massive Energiekuppel und darunter im Wald verborgene Gebäude. Eines schien nur eine Hütte zu sein, das andere wirkte von hier aus unregelmäßig wie eine in den Boden eingelassene Kleckerburg.

Um Lebenszeichen auszumachen, reichte die Sensorerfassung nicht, aber Braun hielt es für logisch, dass wenigstens die Hütte einen Bewohner haben musste.

„Mr. Harrison", beschloss Ines Braun, „lassen Sie bitte ein Shuttle für mich vorbereiten!"

Alle in der Zentrale sahen sie an.

„Sir?", fragte Sanchez.

„Ist etwas unklar?"

„Sie … wollen runter?"

Braun versuchte, nicht wütend zu werden. Die Frage war berechtigt. „Ja", antwortete sie.

„Sehen Sie ein Problem beim Kontakterteam?", wollte Harrison wissen, während er nervös seine Anzeigen studierte, als glaubte er, etwas übersehen zu haben.

„Nein. Ich will nur etwas überprüfen."

„Auf dem Planeten? Allein? Was?"

„Kalhid", bat Braun den Biologen, „erklären Sie es ihm, während ich zum Hangar gehe. Okay?"

Gunawan sah sie irritiert an.

Braun versuchte, die Spannung zu entladen. „Ich habe auf der Insel etwas entdeckt, das ich mir lieber allein ansehen will. Ich glaube, da ist irgendwas mit Psi-Qualität." Sie merkte, dass sie selbst über diesen Gedanken überrascht war. Nichts hatte auf so etwas hingewiesen. Andererseits hätte sie auch gar nicht gewusst, welcher Sensor was hätte zeigen sollen, was man als Indiz für nichtstoffliche Aktivitäten hätte deuten können. Als Erklärung für ihren Alleingang allerdings war das Argument ideal: Sie war die Einzige an Bord, die nachgewiesenermaßen die mentale Fähigkeit hatte, überhaupt etwas im Psi-Bereich wahrzunehmen.

Tatsächlich nickte Sanchez. „Ich verstehe. Brauchen Sie Unterstützung von hier aus?"

„Nein, ich denke nicht."

Normalerweise hätten Sanchez oder Harrison jetzt darauf hinweisen müssen, dass Braun Kontakt halten sollte. Sie taten es nicht. Also ging Braun.

Auf dem Weg zum Hangar nahm sie sich vor, später etwas gegen die Verstimmungen zwischen sich und der Crew zu tun. Aber vielleicht war das eine ganz normale Reaktion der überwiegend sehr jungen Besatzung auf ihr Alter, auf ihren Ruf, der ihr ein gewisses Heldentum nachsagte. Sie hasste diesen Ruf. Als ob die normale Verantwortung als Captain nicht reichte!

Sie merkte, wie sie wieder wütend wurde. Sie wollte nicht wissen, was da unter der Kuppel war, sie wollte nicht mal wissen, dass es sie gab! Oder dass es Bauten darin gab! Oder überhaupt intelligente Wesen auf Kelton! Sie wollte aber auch nicht auf dem Schiff sein und entscheiden müssen, ob – wenn der Zeitsprung bestätigt wurde – sie umkehren und die Erkunder suchen und damit eventuell die Rückkehr der Horizon zur Erde gefährden sollte! Eigentlich wollte sie nur weg, irgendwohin, wo man in Ruhe allein sein konnte.

Schwungvoll schloss sie die Shuttle-Tür. Das zu laute Geräusch unterbrach Brauns Gedanken. Sie atmete tief durch. Das war weder die passende Zeit noch der passende Ort, um seinen Gefühlen nachzugeben. Als sie das Erkunderboot startete, war sie wieder ganz konzentriert.

Das Shuttle glitt dahin. Es gehorchte dem geringsten Druck, mit dem Braun das Ruder führte. Es war ein gutes Gefühl, die Kontrolle zu haben, Braun genoss es. Mit einem weiten, weichen Bogen zog sie das Boot aus dem Orbit hinunter in die Atmosphäre. Sie setzte auf dem Meer auf, es war eine saubere Wasserung.

Braun ließ das Erkunderboot auf die Insel zutreiben. Dabei beobachtete sie das sich nähernde Ufer, das Shuttle schien unbemerkt zu bleiben. Einen Moment lang überlegte sie, ob sie das Risiko eingehen sollte, den Erkunder direkt auf den Strand zu steuern. Das Geräusch der Hubdüsen konnte jemandem auffallen. Anderseits war niemand in Sicht. Und wäre jemand da, würde ihn vermutlich ein auf den Wellen schaukelndes großes Ding viel mehr beunruhigen als das dezente Zischen der Düsen. Außerdem hatte Braun keine Lust, durch das Wasser zu waten. Also ließ sie das Shuttle auf den Strand gleiten, stieg aus und schickte das Fahrzeug dann ferngesteuert auf den Meeresgrund vor der Insel. Im Stillen gratulierte sie sich, vor Jahren darauf bestanden zu haben, dass man die Erkunder unterwassertauglich gestaltete.

Braun drehte sich wieder dem Inselinneren zu. Ihr Blick glitt noch einmal prüfend über den Waldrand, dann stapfte sie durch den lockeren, feinen Sand. Es ging leicht bergan und es war erstaunlich mühselig, den Küstenwall zu erklimmen.

Sie tauchte in den Wald ein. Er roch nach Laub und feuchter Erde, das Blätterdach filterte das Licht. Buschwerk fehlte fast ganz, aber der Boden war bedeckt von einem hellgrünen kleinblättrigen Kraut mit großen porzellanweißen Blüten. Feenstimmung. Braun sog sie tief in sich auf.

Ein leichtes Flirren vor ihr wischte das Lächeln von ihrem Gesicht. Die Kuppel. Braun näherte sich ihr, streckte die Hand aus. Es war nichts zu spüren. Also trat sie durch das Flirren hindurch.

Optisch veränderte sich nichts und auch spüren konnte sie keinen Unterschied zu draußen. Trotzdem hatte Braun den Eindruck, einen anderen Raum betreten zu haben. Sie lauschte in sich hinein, nach dem Echo einer fremden Präsenz. Da war nichts.

Vorsichtig ging Braun weiter. Den Sensordaten nach musste sie als Erstes auf die Spitze der Kleckerburg stoßen, die Hütte stand weiter zur Inselmitte hin. Wenn die Burg real war, müsste man sie bald sehen können …

Jemand tippt sie an. Braun fuhr herum. Ein Mann stand vor ihr. Es war ein Lhalm. Es hätte, so fühlte sich Braun denken, auch ein Terraner sein können, die Lhalm unterschieden sich kaum von Menschen. Ihre Gesichter waren etwas breiter, ihr Körperbau ein wenig massiger, ihre Augen blauer, ihr Haar rötlicher.

„Guten Tag", sagte sie, wissend, dass der Mann sie nicht verstehen würde.

Tatsächlich stutzte er kurz, doch er schien nicht beunruhigt. Er sagte ebenfalls etwas. Es konnte eine Begrüßung sein, denn er lächelte dazu.

Braun nahm den Übersetzer aus der Tasche, platzierte das Headset und befestigte den Lautsprecher-Clip an ihrem Oberarm. Dann tippte sie auf die Aktivierungsfläche.

Der Mann sah aufmerksam zu. Er sagte etwas und zeigte auf den Clip.

„Das ist nur ein Translator", erwiderte Braun. „Er hat die Hauptsprachen der Föderation gespeichert, also wenn Sie ein Lhalm sind, sollte er Ihren Dialekt schnell erkennen."

Der Mann runzelte die Stirn. Wieder sagte er etwas, diesmal mehr als vorher, was den Translator – so hoffte Braun – mit dem nötigen Material versorgen würde. Tatsächlich setzte plötzlich die Übersetzung ein: „… technisches Gerät", kam es aus dem Ohrknopf. „Ich war nicht sicher, ob du eine der Gründer bist. Andererseits trägt niemand so eine Kleidung, nicht mal die Archivare."

„Jetzt kann ich dich verstehen", sagte Braun und zeigte auf ihr Ohr. Der Translator übersetzte.

Der Mann schien erleichtert. „Das ist gut. Ich war nicht sicher, ob du eine der Gründer bist." Er lächelte. „Es ist mir eine erhebliche Ehre, dass du hierher kommst." Er blickte kurz nach oben. „Sind noch mehr da?"

Braun nickte.

„Dann bist du allein?"

„Nein. Nein, nein, das war … Wir nicken mit dem Kopf, wenn wir ja sagen wollen."

„Warum?"

„Warum?" Sie war irritiert. „Warum nicht?"

Das schien ihn zu irritieren. „Weil niemand das macht."

Sie begann zu begreifen: In einer so kleinen Gemeinschaft konnte einem wohl nur schlecht bewusst werden, dass Nicken oder Kopfschütteln keine natürlichen Gesten waren, sondern von Volk zu Volk unterschiedlich benutzt wurden. Einen Moment lang hatte Braun das Gefühl, dem Mann das erklären zu müssen, doch sie entschied sich anders. „Ich heiße Ines", sagte sie.

„Ridea", erwiderte der Mann. „Ich bin der letzte Diener." Er erwartete offenbar, dass Braun etwas damit anfangen konnte. Als er bemerkte, dass das nicht so war, verblasste sein Lächeln und er begann sichtbar, zu grübeln.

Braun beschloss, ihm zu helfen: „Du sagtest, du hältst mich für einen Gründer. Was meinst du damit?"

„Damit, dass du ein Gründer bist?"

„Nein, mit Gründer. Wer sind die Gründer?"

Sein Gesicht hellte sich auf. „Oh, ich verstehe! Du bist auch nur ein Nachfahre. Natürlich, das ist nach so langer Zeit nur logisch. Also: Gründer nennen wir das Volk, welches das Archiv gegründet hat. Sie hatten schon vorher unzähligen Welten Leben geschenkt und taten es danach weiterhin. Hier, so beschlossen sie, sollte alles vermerkt werden, was sie je schufen."

„Vermerkt?"

„Am Anfang nutzten sie ein technisches Gerät, aber ihnen wurde bewusst, dass dies die Jahrtausende nicht überdauern würde. Also schrieben sie es auf Papier, das sie einlagern konnten. Doch auch das schien bald zu unsicher, also beauftragten sie die Archivare, die Aufzeichnungen in Stein zu hauen. Noch heute arbeiten die Archivare in den Höhlen daran, Aufzeichnungen zu übertragen und alte Steinnotizen aufzufrischen.“

„Im Ernst?“, entfuhr es Braun. Dann musste sie einräumen, dass in Stein gehauene Schrift tatsächlich die am längsten haltbare und am wenigsten vom Stand der Informationstechnik beeinflusste Archivierungsform war. „Und sie arbeiten noch heute daran?“

„Ja, in den Höhlen auf dem Festland.“

„Wir hielten es für Bergbauanlagen.“

„Die Höhlen entstehen so, das stimmt. Ein wenig Erz brauchen die Versorger ja.“

„… die auf der Insel leben“, vermutete Braun. „Sie sorgen für die Lebensmittel und andere Güter.“

Ridea schüttelte den Kopf. „Ja. – Seid ihr gekommen, die Archive zu lesen?“

„Ursprünglich nicht, aber wenn es uns erlaubt wird …“

„Sicher. Dafür wurden sie angelegt.“ Er schaute nach oben. „Ich habe noch nie ein Zwischensternfahrzeug gesehen. Die Aufzeichnungen prophezeien, dass einst sehr viele der Völker, die dank der Gründer entstehen würden, so reisen würden.“

„Ja, das ist wohl so. Und Spezies, die sich unabhängig von den Terraforming-Projekten entwickelten.“

„Terra…? Die Belebung, verstehe.“ Er schwieg einen Moment lang. Dann sagte er: „Du solltest niemandem gegenüber behaupten, dass die Gründer nicht alle Völker schufen.“ Es klang fast ein wenig beschwörend.

„Warum nicht?“

„Es ist Blasphemie.“

„Aber …“ Sein Blick ließ sie verstummen. Sie musste an das Kontakterteam denken. „Was passiert, wenn jemand blasphemische Gedanken äußert?“

„Er wird getötet.“

„Verdammt!“ Sie tippte an den Kommunikator an ihrem Armband. „Außenteam? Mr. Lahiri!“

Keine Antwort.

„Lahiri! Skah! Melden Sie sich!“

„Sind das deine Begleiter?“, fragte Ridea mit einem Blick nach oben.

„Zwei davon. Sie sind bei den Berg… bei den Archivaren. – Außenteam, antworten Sie!“

Ridea schüttelte den Kopf. „Ich verstehe. Du sorgst dich um sie.“

Braun nickte knapp und drehte sich etwas zu Seite. Sie hob das Kommarmband näher zu Mund. „Außenteam! Skah! Das ist ein Notfall! Antworten Sie!“

Schweigen.

Sie merkte, wie Panik in ihr aufquoll und sie ‚Bitte nicht noch mehr Opfer!‘ dachte. Sie mahnte sich zur Ruhe, noch stand ja gar nichts fest. Sie wandte sich an Ridea: „Sind die Höhlen abgeschirmt?“

„So wie der Hort hier?“, fragte er, mit einer Geste die nähere Umgebung umschreibend. „Nein.“

„Nein, ich meine … gegen Funkwellen und sowas.“

„Funkwellen …“ Er schien dem Wort nachzuspüren. „Oh! Das! Nein. Zumindest nicht künstlich. Die Gründer wollten das Archiv ja nicht verstecken. Aber …“, wieder schien er zu lauschen, „… die Mineralien des Felsens könnten den Funkkontakt beeinträchtigen. Du solltest es mit einer anderen Rhythmik … nein warte, das ist das falsche Wort … mit einer anderen Frequenz versuchen.“

„Das ist schon ein Breitband-Ruf“, erwiderte Braun. Ein Gedanke schoss ihr durch den Kopf, er hatte mit Rideas Erklärungen zu tun. Doch die Idee ließ sich nicht fassen. Braun verschob das Nachdenken darüber auf später. Jetzt ging es um zwei ihrer Leute. „Horizon?“, sagte sie ins Armband.

Tineko Sanchez meldete sich. „Gut von Ihnen zu hören, Sir. Ist alles in Ordnung?“

„Bei mir ja. Haben Sie Kontakt zum Kontakterteam?“ Noch während sie es aussprach, dachte sie, dass die Wortdopplung unschön klang, und schüttelte über sich selbst den Kopf.

„Bis vor Kurzem, Captain. Es hat sich herausgestellt, dass die Stollen nicht dem Bergbau …“

„Ich weiß“, unterbrach Braun. „Rufen Sie sie!“

„Sie sind in die Bibliothek gegangen, Sir. Sie wollten ein paar Aufnahmen …“

„Rufen Sie sie!“, wiederholte Braun harsch. „Das ist ein Notfall! Die Mhalm werden hier wie Götter verehrt und jede …“

„Nein!“, sagte Ridea alarmiert. „Wenn deine Gefährten gegenüber den Archivaren von Göttern sprechen, begeben sie sich in Gefahr!“

Braun runzelte die Stirn. „Haben Sie gehört, Mrs. Sanchez?“

„Ja. – Wisut, hast du sie?“

Im Hintergrund war ein „Gleich!“ zu hören. „Mr. Ababa!“, rief Braun. „Die Höhlen sind abgeschirmt, versuchen Sie es über exotische Frequenzen! Vielleicht können Sie sich auch direkt in die Translatorverbindungen einklinken.“

„Ich könnte …“, setzte Ridea an.

Braun unterbrach ihn mit einer Handbewegung. „Haben Sie sie?“

„Jetzt!", klang Harrisons Stimme aus dem Armband. „Jussef! Hörst du mich?"

Ein dumpfes „Ja" war die Antwort.

„Wo seid ihr?"

„In der Bibliothek. Warum?"

„Das ist unglaublich!", war Lahiris Stimme zu hören. „Die Chronik muss bis zu den Anfängen …"

„Hören Sie zu!", unterbrach ihn Braun. „Als Erstes Modus gelb, verstanden?"

„Modus …? Oh! Aye, Sir. Moment! – So, die Übersetzer sind aus."

„Gut. Hören Sie jetzt ganz genau zu! Ihr Leben könnte davon abhängen. Also: Die Bewohner von Kelton wissen, dass die Mhalm Planeten terraformt haben und …"

„Ja, das wissen wir", sagte Skah.

„Sie sollen zuhören!"

„Aye, Sir. Sorry."

„Also: Sie wissen es, aber sie glauben, dass alle Planeten, die Leben tragen, von den Gründern, wie sie sie nennen, belebt wurden. Sie gehen davon aus, dass auch alle intelligenten Spezies entweder von den Gründern geschaffen wurden oder von ihnen abstammen."

„Sie halten sie für Götter?"

„Nein", antwortete Ridea. „Nur für die Schöpfer und Vorfahren. An die Götter zu glauben, ist Blasphemie."

„Wer ist das?", fragte Harrison.

„Ein Einheimischer", erwiderte Braun. „Erzähl ich später."

„An Götter zu glauben ist Blasphemie?", wunderte sich Skah. „Ist das nicht ein Widerspruch in sich?"

„Offenbar nicht", sagte Braun mit einem fragenden Blick zu Ridea. Der schien schon wieder auf etwas tief in sich zu lauschen. „Wie auch immer", fuhr Braun fort, „es scheint in Ordnung zu sein, dass man von einem anderen Planeten kommt und das Archiv nicht kennt. Wahrscheinlich, weil nach so langer Zeit bei den Nachkommen Wissen verloren gegangen sein kann. Was Sie auf keinen Fall andeuten dürfen, ist, dass nicht alles Leben im All auf die Gründer zurückgeht."

„Also sollen wir uns dumm stellen", schlussfolgerte Lahiri.

„Ja. Auch wenn es Ihnen vielleicht schwerfällt. Falls die Archivare nach unserer Herkunft fragen, bleiben Sie so vage wie möglich! Verstanden?"

„Ja."

„Gut." Braun atmete erleichtert durch. „Versuchen Sie bitte, dass Sie Verstärkung bekommen können, damit nicht immer das ganze Team in den Höhlen steckt! Gegen zwei, drei zusätzliche Besucher sollten die Archivare nichts haben, hoffe ich."

„Gut."

„Mr. Harrison?"

„Sir?"

„Statten Sie das zweite Team so aus, dass wir in kurzer Zeit möglichst viele Daten aus dem Archiv erfassen können. Und schicken Sie Mr. Gunawan mit, er wird Proben der Biosphäre sammeln wollen."

„Und die Insel?", fragte Lahiri. „Es wäre aufschlussreich …"

„Später vielleicht." Sie sah zu Ridea. „Ich muss erst noch einiges hier klären. Braun Ende."

Ridea atmete auf. „Das war knapp." Er lächelte.

Braun nickte. „Ja, danke für die Warnung. Und jetzt würde ich gern wissen, was hier eigentlich los ist."

Ridea neigte den Kopf. „Ich verstehe nicht …"

„Fangen wir doch damit an, dass du offenbar die – wie du es nanntest – blasphemischen Ideen teilst, aber trotzdem noch lebst."

Ridea stutzte. Dann lachte er, laut und herzlich.

„Was ist daran so komisch?“

„Ines oder Sir oder wie immer du in Wirklichkeit heißt – das ist nicht der Anfang. Aber wenn du damit beginnen willst … Nun“, er schmunzelte, „ich gelte als geisteskrank. Als vor vier oder fünf Generationen die Lehre der Gründer zur Doktrin erhoben wurde, galt es bereits als Zeichen einer gewissen Dummheit, an die Götter zu glauben. Die Todesstrafe wurde eingeführt, was den Zustrom an Betenden zur Festung drastisch einschränkte. Zugleich genossen die Diener der Ersten ein gewisses Ansehen – sie zu töten, wagten die Archivare dann doch nicht. Also erklärten sie uns für verrückt. Sogar die erste Regel der übertragenen Kommunikation wurde umgedeutet.“

„Okayyy … Damit kann ich was anfangen. Dein Volk glaubte also ursprünglich an Götter, die auch die Ersten genannt wurden. Dann kamen die Gründer und lehrten, dass es noch viele weitere Welten gibt und sie einige davon belebt haben. Das stieg in den Rang einer Religion auf und die Vorstellung von übernatürlichen Wesen wurde bestrafungswürdige Blasphemie.“ Sie lächelte. „Das ist nicht wirklich ungewöhnlich, solche Entwicklungen gibt es immer wieder. Der Glaube an magische Wesen gehört meist zu den ersten Erklärungsversuchen für …“

Ridea nickte heftig. „Sie sind keine magischen Wesen. Sie sind nur fremd. Sprich mit ihm, dann wirst du es verstehen.“

„Sprechen? Mit … ihm?“

„Dem Letzten der Ersten. Dort.“ Ridea wies Richtung Inselinneres.

Braun begriff, dass er die Kleckerburg meinte. „Die Festung?“, vermutete sie.

Er schüttelte den Kopf.

„Und man kann einfach … einfach mit ihm reden?"

„Einfach? Das kommt darauf an, wie klar du ihn hören kannst." Er tippte sich an die Schläfe. „Da drin."

Braun schluckte hart. Entweder Ridea war tatsächlich verrückt oder sie hatte hier die Erklärung für ihre Idee mit dem Psi-Phänomen unter der Kuppel. Sie versuchte krampfhaft, Anzeichen für Ersteres zu finden. Je mehr sie Ridea musterte – was ihr bewusst wurde, ohne es jedoch abstellen zu können –, desto sicherer wusste sie, dass Zweiteres zutraf. Nein, korrigierte sie sich, sie wusste es nicht nur, sie fühlte es, mit jeder Faser ihres Körpers. Und es machte ihr eine Heidenangst.

Rideas Berührung ließ sie aufschrecken.

„Ines?" Er sah ihr besorgt in die Augen. „Hat er gerufen?"

Sie schluckte. „Vielleicht. Es ist … nicht das erste Mal, dass ich auf diese Weise … kommuniziere. Wir sind … Auf einem anderen Planeten trafen wir auf Wesen, die auch … fremd waren. Ich habe …" Sie atmete tief durch. „Es sind viele gestorben damals."

Ridea schwieg. Dann sagte er: „Er fürchtet das Sterben nicht", und fügte hinzu: „Er ist der Letzte."

Braun wandte den Blick in die Richtung der Festung. Sie verstand, was er meinte. Den eigenen Tod vor Augen zu haben, war das eine. Zu wissen, dass mit einem ein ganzes Volk verschwand mit all seiner Kultur und seinem Wissen, dass eine ganze Spezies erlosch, das war etwas völlig anderes. Alles, was dem Letzten noch blieb, war, so viel Wissen weiterzugeben, wie irgend möglich. Aber er hatte kein Volk mehr, dem er es weitergeben konnte, denn die Keltoner hatten sich von ihren alten Göttern abgewandt.

Harrison betrat die Messe. Sanchez hatte ihn in den Feierabend geschickt, nachdem er einige Male zu offensichtlich gegähnt hatte. Er hatte bis dahin gar nicht bemerkt, dass er müde war, zu sehr nahm ihn die Überwachung der Außenteams in Anspruch.

Jetzt spürte er die Müdigkeit. Er würde nur eine leichte Brühe nehmen und dann schlafen gehen. Auf dem Weg zur Snackbar bemerkte er Frauke Weber, die in einer Ecke des mäßig gefüllten Saales saß und offenbar an etwas arbeitete. Harrison holte sich eine Hühnersuppe und setzte sich zu Weber.

Sie sah von ihrem Mobilen Terminal auf. „John.“

„Ich darf doch?“, sagte er mehr, als er fragte.

„Klar.“ Sie legte das Moterm beiseite. „Feierabend?“

Er nickte und schlürfte von seiner Brühe. „Sanchez überwacht die Teams.“

„Wie sieht es aus da unten?“

Harrison hatte den Eindruck, als würde sie eher aus Höflichkeit fragen. Es störte ihn nicht. „Das Übliche: Viel Grün, ein paar Leute …“

Sie nickte matt lächelnd. „Schön.“

„Ja. Die Bewohner betreiben da unten ein riesiges Archiv über die Aktivitäten der Mhalm.“

„Ah, deshalb.“

„Deshalb was?“

„Was? Oh! Ich bin nicht ganz bei der Sache, entschuldige! Ich sah Gunawan zum Hangar gehen, die Mhalm sind sein Steckenpferd.“

Er wies mit einer Kopfbewegung auf das Moterm. „Viel zu tun?“

„Ich soll für den Captain was berechnen.“

„Aha. Interessant?“

Sie zögerte.

Er schmunzelte. „Geheimauftrag?“

Ihr Blick war Antwort genug.

Er schob seine Tasse beiseite. „Lass mich raten: Es geht mal wieder um die Knotengleichungen."

„Ich darf wirklich nicht …"

„Frauke!" Er nahm ihre Hand. „Verbeiß' dich da nicht so! Braun ist besessen von den Knoten, sie will immer alles Millionen Mal durchgerechnet haben und traut den Ergebnissen dann trotzdem noch nicht."

„Ich weiß, aber … Es ist wirklich anders diesmal." Sie nahm das Moterm in die Hand. „Das hier könnte alles verändern, John. Diese Mission, die Raumfahrt, wie wir sie kennen … Alles eben. Ich will gleich zu ihr und …"

„Sie ist unten", unterbrach er sie. „Irgendwas mit Psi-Effekten. Ich frag schon nicht mehr nach."

Weber musterte ihn.

„Ja, ich weiß. Es ist nur …" Er machte eine unbestimmte Geste. „Sie hat sich verändert seit Tichs Tod."

„Er war ihr Freund. Wahrscheinlich der einzige, den sie an Bord hatte. Außer Gunawan vielleicht."

„Ja, du hast vermutlich recht", räumte er ein und lehnte sich zurück. „Was wirst du machen, wenn wir wieder zu Hause sind?"

„Ich weiß nicht … Meine Mutter würde sich sicher freuen, wenn ich den Urlaub bei ihr verbringe. Und du? Fährst du mit Claire irgendwo hin?"

An Claire hatte er gar nicht gedacht. „Sie will schon lange mal einen Campingurlaub in Kanada machen."

Sie lachte. „Camping? Du?"

Er breitete grinsend die Arme aus. Vorstellen konnte er sich das auch nicht.

„Vermisst du sie?"

Sein Grinsen zerfloss. „Manchmal. Am Anfang war es recht schlimm, inzwischen geht es."

„Ich kann mir eine Beziehung nicht vorstellen, wo man so lange voneinander getrennt ist. Das ist doch einsam.“

„Du bist doch auch allein.“

„Das ist nicht dasselbe.“

„Nein“, gab er zu, „ist es wohl nicht.“ Er atmete tief durch. „Ich werde mich jetzt ’ne Runde aufs Ohr legen.“ Er stand auf. „Ich würde mit diesem Knotendings warten, bis wir von Kelton weg sind, Braun ist schon jetzt unentspannt genug.“

„Mal sehen“, antwortete sie ausweichend.

Er ging.

Die Festung war eine Illusion: Ridea ging einfach durch die wie aus Sandstein gemeißelt aussehende Wand hindurch.

Braun folgte ihm ohne zu zögern. Eine große Halle tat sich vor ihr auf, viel größer, als die Spitze der Kleckerburg eigentlich Platz bot. Sie suchte nach einer Treppe oder etwas Ähnlichem, das in den Bereich der Festung führte, der im Erdboden steckte. Der Boden schien aus kompaktem, poliertem Fels zu bestehen, die Wände wirkten wie aus Granitplatten zusammengefügt.

Ridea wandte sich zu Braun um. Er lächelte.

Sie machte eine den Raum umfassende Geste. „Ist das echt oder auch nur ein Trugbild?“

„Oh, es ist real. Eine Enklave fremden Raumes. Eine Schnittstelle zwischen den Wahrnehmungen. Zweite Regel der Kommunikation: Deine Wahrnehmung ist nicht seine Wahrnehmung.“

„Verstehe. Und die erste Regel?“

„Was du hörst, ist nicht, was er sagt.“

Sie runzelte die Stirn.

„Erstaunlich“, sagte eine Stimme.

Braun sah sich um. Außer Ridea und ihr schien niemand hier zu sein, trotzdem konnte sie eine Präsenz spüren.

„Wirklich erstaunlich", wiederholte die Stimme. Sie klang männlich und fühlte sich an, als umspüle sie sie. „Die meisten verstehen die zweite Regel nicht, du verstehst die erste nicht."

„Ich verstehe sie durchaus", sagte Braun in den Raum hinein. „Das Problem kennen wir von den Übersetzern. Ich frag mich nur gerade, wie auf dieser Basis eine sinnvolle Kommunikation stattfinden kann."

„Wie findet eine sinnvolle Kommunikation mit den Übersetzern statt?"

„Nun wir …" Sie lachte leise auf. „Du hast recht. Wenn man sich des Problems bewusst ist, kann man den Fallen ausweichen."

„Ridea? Wo hast du diese kluge Frau nur aufgetrieben? Eine der deinen ist sie nicht." Die Stimme klang belustigt.

„Nein, ich bin ein Mensch."

„Nun ja, das sind wir alle, nicht wahr?"

Sie spürte ihn lächeln. „Nein", korrigierte sie, „ich meinte, ich gehöre zu einer anderen Spezies als Ridea."

„Das dachte ich mir schon. Mensch. Ein Problem der Übersetzer?"

„Eher ein generelles. In sehr vielen Sprachen ist der eigene Spezies-Name zugleich das Synonym für intelligente, zivilisationsbildende Lebewesen. Deshalb haben die Übersetzer da manchmal Schwierigkeiten. Vermutlich würden sie auch euren Namen …"

„Mein Name ist Madhan", unterbrach er, offenbar mit den Gedanken schon woanders. „Eine andere Spezies, sagtest du. Erstaunlich."

„Euch war nicht bewusst, dass …?"

„Oh doch, doch, doch! Nur nicht hier. Als die Gründer kamen, brachten sie nur Vertreter einer ihrer Subspezies mit. Und andere Besucher gab es bislang nicht. Damals waren wir froh darüber, weil Menschen dazu neigen, die Welten, die sie vorfinden, zu zerstören.“

„Ihr habt sie nicht zerstört …“

„Wir haben sie geschaffen.“

Sie schmunzelte. „Ich vergaß: Ihr seid Götter.“

„Oh nein! Wir sind Menschen! Nur erklär mal einem Volk, das mit Psi-Phänomenen nicht vertraut ist, dass man sich nur durch die Existenzebene von ihm unterscheidet!“

„Das ist wirklich schwierig.“

Die Stimme schwieg. Es wirkte erstaunt.

„Was ist?“, fragte Braun.

„Ich überlege. Ob du mich verstehst.“

„… oder ob wir in die Falle der ersten Regel getappt sind?“ Sie sah Ridea an. Er wirkte unbeteiligt. „Was denkst du?“, fragte sie ihn.

„Ich weiß es nicht. Ich verstehe euch beide nicht. Was einer sagt, scheint mit dem, was der andere sagt, nichts zu tun zu haben.“

„Ist das normal?“

„Für deine Spezies? Möglich. Für meine nicht.“

„Ich glaube“, sagte die Stimme, „das ist keine Frage der Spezies. Es ist eine Frage des Wissens. Ich glaube, sie ist mit einem Raumschiff hergekommen. Und es ist nicht ihre erste Reise.“

„Nein, tatsächlich nicht.“

„Oh, ich beneide dich! Ich kenne Raumreisen nur aus den Erzählungen der Großeltern und aus Berichten und Büchern.“

„Was ist passiert?“

„Auch die beste Technik hält nicht ewig. Wir hatten zwar keine Probleme, die Planeten, die wir in diesem Universum vorfanden, wohnlich zu machen, aber unsere Technik instand zu halten, wurde zunehmend schwieriger."

„Ihr habt … Planeten terraformt?"

„Unzählige. Naja, irgendwo gab es mal eine Liste, weil wir diese Welten ja zum Wohnen nutzen wollten. Aber sie ist verloren gegangen."

„Wie habt ihr ohne Technik Planeten terraformen können?"

„Am Anfang hatten wir ja noch Technik. Aber ehrlich: Wir haben trotzdem nie richtig verstanden, warum das Terraformen so einfach war. Ich tue noch heute manche Dinge einfach dadurch, indem ich an sie denke. Das hat wohl mit der Psi-Verwebung zu tun."

„Zum Beispiel?"

„Ich spreche mit dir, indem ich mir vorstelle, mit dir zu sprechen. Wüsste ich nicht aus Erfahrung, dass du tatsächlich antwortest, könnte ich glatt glauben, ein Selbstgespräch zu führen. Was mich im Übrigen nicht erstaunen würde – wenn man so lange so lebt wie ich, wird man irgendwann wunderlich."

Braun schwieg. Der Gedanke beunruhigte sie. Vielleicht war das hier nicht Madhans Selbstgespräch, vielleicht war es ihres. Sie sah Ridea an. Er hörte offenbar beide Stimmen. Vielleicht bildete sie sich aber auch das nur ein. Vielleicht war das alles hier – sie ließ den Blick durch die steinerne Halle schweifen – nur Einbildung.

„Als wir in diesem Universum ankamen, waren wir kein halbes Hundert Menschen, in der Blüte fast dreitausend, verteilt auf diversen Planeten. Mein Urgroßvater war einer der Letzten, die in erbärmlichen Booten auf jenen Welten nach Überlebenden suchten – er fand keine.

Als das letzte Boot ausfiel, waren wir zweiunddreißig. Heute bin nur noch ich da. Vielleicht ist es egal, ob ich ein Selbstgespräch führe – es ist niemand mehr da, für den es einen Unterschied ausmacht. Was ich erfahre – oder zu erfahren glaube – wird mit mir sterben. "

Braun schluckte. Das Gefühl von Trauer und Verlust drückte von allen Seiten auf sie. Und es fand Resonanz in ihr. Sie versuchte, sich dem zu entziehen. „Nun", räusperte sie sich, „für mich ist es ein Unterschied. Was ich erfahre, wird weiterleben. Ich werde es nach Hause tragen."

„Tröstest du mich oder tröste ich mich gerade selbst?", schmunzelte die Stimme. Eine Idee schoss wie ein Funke durch den Raum. „Kannst du weggehen?"

Braun runzelte die Stirn. „Soll ich?"

Ridea trat zu ihr. „Er möchte allein sein."

„Nein, möchte ich nicht", sagte die Stimme fröhlich. „Ich möchte, dass du jetzt weggehst und später wiederkommst. Sagen wir …" Er überlegte. „… morgen früh."

„Morgen … Wieso so spät?"

„Ich weiß nicht. Vielleicht damit ich sicher bin, dass ich dich nicht einfach zurückgewünscht habe. Wenn ich bis morgen früh keinen Anfall von Selbstgesprächen erlebe, bist du wahrscheinlich echt."

Sie lächelte schief.

„Ja, ich weiß", räumte er ein. „Fragwürdige Logik. Aber immerhin. Oder?"

„Okay. Also dann … bis morgen früh." Sie wandte sich zum Gehen, drehte sich aber noch einmal um. „Planetenzeit oder Schiffzeit?"

„Ist das ein Unterschied? Ja klar ist es einer, sonst würdest du nicht fragen. Was tritt eher ein?"

„Schiffszeit."

„Dann Schiffszeit. Bis dann … Wie ist eigentlich dein Name?"

„Ines."

„Ach was!"

„Wieso, was ist damit?"

„Das ist ... war ein sehr beliebter Name bei uns. Er bedeutet so viel wie Erstgeborene, Älteste."

„Älteste?" Sie schmunzelte. „Wie charmant!"

„Ja, nicht wahr?" Er lachte. „Also bis morgen! ... Älteste ..."

Dann erlosch die Stimme und die Halle fühlte sich warm und leer an. Wie ein Bett, das eben verlassen worden war. Braun merkte, dass sie lächelte. Sie sah zu Ridea.

Auch er lächelte. „Er war lange nicht mehr so glücklich. Worüber immer ihr gesprochen habt – es tat ihm gut."

„Ja. Mir auch." Sie wies fragend zur Wand. „Da durch?"

Ridea schüttelte den Kopf. „Ohne zu zögern. Schließ am besten die Augen."

„Okay." Sie schloss die Augen und ging vorwärts. Ähnlich wie beim Eintreten spürte sie keinen Widerstand; die wieder einsetzenden Geräusche des Waldes signalisierten ihr, dass sie die Festung verlassen hatte. Auch die Luft hatte sich verändert; Braun spürte dem Duft nach Natur und Fruchtbarkeit nach.

„Ist alles in Ordnung?"

Sie sah Ridea an. „Ja. Alles bestens."

„Warum nannte er dich Häuptling?"

„Häuptling?" Sie runzelte die Stirn. „Wann hat er das getan?"

„Jetzt zum Schluss. Als du deinen Namen nanntest."

„Als ich ...? Oh!" Sie begriff. „Nein. Mein Name bedeutet in seiner Sprache so viel wie Älteste der Geschwister, was du wiederum wahrscheinlich als Familienoberhaupt verstanden hast."

Jetzt runzelte er die Stirn. „Das ist verwirrend."

Sie lachte leise auf. „Ja. Das ist es. – Darf ich dich etwas fragen?"

„Natürlich."

„Madhan sagte, sein Volk sei vor Urzeiten in diesem Universum angekommen. Weißt du, von wo?"

„Aus einem anderen Universum."

„Eine andere Existenzebene?"

„Ist das nicht dasselbe?"

Braun zögerte. „Ich weiß nicht. Vielleicht. – Und sie haben dann Planeten terraformt, um sich eine neue Heimat zu schaffen."

„Ja. Es gelang nie vollständig. Sie konnten immer nur im Hort auf Dauer überleben."

„Hort?"

Ridea machte eine vage die Landschaft überspannende Geste.

„Die Kuppel?"

Er schüttelte den Kopf.

„Verstehe", behauptete sie nachdenklich. Dann kam ihr ein Gedanke. „Weißt du, welche Planeten sie belebt haben?"

„Ich kenne nur ein paar wenige."

„Könntest du unseren Fachleuten davon erzählen?"

„Gern. Das Wissen weiterzugeben ist eine der Aufgaben der Diener."

„Sehr schön." Braun stellte sich Gunawans Gesicht vor, wenn sie ihm sagte, dass sie die Terraformer der ersten Welle gefunden hatte. „Das Schiff wird dir gefallen."

Ridea trat einen Schritt zurück. „Nein."

„Nein?" Sie lächelte beruhigend. „Du musst keine Angst haben. Wenn ich hier …"

„Ich muss im Hort bleiben."

„Verstehe. Du musst in seiner Nähe bleiben. Hör mal, es wäre nur für …“

„Ich kann nicht fort. Das technische Gerät in meinem Hirn würde zerstört.“

Sie starrte ihn an. „Ein Gerät? Was für ein Gerät?“

„Ein technisches.“

„Ein …?“ Sie hatte das Bedürfnis, zu fragen, was es denn noch für andere Geräte gäbe, bremste sich aber. Wahrscheinlich lag hier einfach ein Übersetzungsproblem vor. „Was tut das Ding?“

„Es macht möglich, dass ich mit ihm klar sprechen kann. Es ist eine Mikro-Enklave, die außerhalb des Hortes kollabieren würde. Es könnte unmöglich sein, sie zu reinitialisieren. Der Letzte der Ersten verfügt nicht mehr über alle Fähigkeiten der Ersten.“

Das erschien ihr logisch. Wenn die Horizon – was Gott verhindern mochte! – irgendwo strandete, würde alles Wissen im Computer nicht garantieren, dass die Nachfahren auch die gleichen hochspezifischen technischen Fertigkeiten der heutigen Crew hätten.

Dann fiel ihr etwas anderes ein. „Du brauchst ein Gerät, um mit ihm zu sprechen?“

Er schien verwundert.

„Das heißt, die anderen deines Volkes, die, die so etwas nicht haben, würden ihn gar nicht hören?“

„Gar nicht ist übertrieben. Nicht so klar wie ich. Manche würden nur seine Gegenwart spüren, andere ein Murmeln oder orakelhafte Wortfetzen wahrnehmen. Emotionen. So etwas. Eine Aufgabe der Diener ist es, dann zu vermitteln.“

„Das heißt, dass ich ihn hören kann, ist …“ Sie ließ den Satz in der Schwebe.

„Erstaunlich?“, bot er an.

Sie nickte.

„Nicht wirklich. Du sagtest ja, ihr hättet schon mit Wesen wie ihm gesprochen. Und die Ersten ihrerseits können das auch. Vielleicht sind wir die Unnormalen, die,
die den Zugang zu jenen Ebenen verloren haben.“

„Nein.“ Sie atmete tief durch. „Eher nicht. Wir wissen
von vielen Spezies, aber nur von einer, die so hoch psi-
begabt ist. Mit euch sind es wohl zwei. Oder anderthalb,
je nachdem.“

„Und du?“

„Wir Menschen haben kaum Potential in dieser Hinsicht. Ich bin eine der wenigen Ausnahmen.“

„Erstaunlich. Ich begann schon zu glauben, dass ihr
Nachfahren der Ersten seid. Ein Stamm, der aus seiner
Ebene ganz in unsere zu wechseln vermochte.“

Sie lächelte. „Nette Idee. Die Nachfahren der Ersten
treffen auf Nachfahren der Gründer. Aber nein, ich muss
dich enttäuschen. Es ist nachgewiesen, dass wir uns …“
Der Rufton aus ihrem Kommarmband unterbrach sie.
„Entschuldige!“ Sie wandte sich etwas ab. „Mrs. Sanchez?“

„Wo waren Sie? Ich habe schon vor zehn Minuten versucht, Sie erreichen.“

„Ganz ruhig, okay? Ich war in einer Art Gebäude.“

„In der Enklave ist man …“, setzte Ridea an.

Braun unterbrach ihn mit einer Handbewegung. „Ich
erkläre es Ihnen später. Warum wollten Sie mich sprechen?“

„Mr. Gunawan ist zurück und Weber aus der Astrophy-
sik wollte mit Ihnen reden.“

Brauns Laune sank schlagartig. „Gut. Ich komme.“ Sie
wandte sich zu Ridea. „Ich muss gehen.“

„Aber du kommst wieder.“

Sie nickte. „Du schläfst dann vermutlich. Hier wird
Nacht sein.“

„Ich könnte aufbleiben. Oder du könntest mich wecken."

Sie lächelte. „Ich nehme auf jeden Fall noch mal Kontakt zu dir auf. Wir reisen nicht ohne das weiter." Sie hob schwörend die Hand. „Versprochen."

Als Ines Braun zwanzig Minuten später aus dem Shuttle stieg, schalt sie sich noch immer dafür, es so weit im Meer geparkt zu haben. Statt zu ihm zurücktauchen zu können, hatte sie es an den Strand holen müssen, was – wie sie zu spät merkte – von einem Inselbewohner beobachtet worden war. Sie konnte nur hoffen, dass die offenbar gewordene Geheimniskrämerei bei den Keltonern keinen Argwohn auslösen würde. Der Gedanke machte sie mürrisch, so dass sie die Lukentür zu heftig schloss. Der Techniker, der just in dem Moment den Hangar betrat, zog erschrocken den Kopf ein; Braun versuchte, entschuldigend zu lächeln.

Sie schlug den Weg zu den Biolabors ein. Gunawan würde wahrscheinlich gerade die gesammelten Proben einsortieren. Vielleicht war er auch schon dabei, die vorhandenen Datensets mit den Angaben aus dem Gründer-Archiv abzugleichen. Vorausgesetzt, sie waren brauchbar. Nach so langer Zeit und mehrfacher Übertragung auf die verschiedenen Medien mochten wichtige Details verloren gegangen sein; von der Frage, ob Ort- und Zeitangaben überhaupt zuordenbar waren, ganz zu schweigen.

Braun ertappte sich bei der Vorstellung, mit Gunawan gemeinsam über den Daten zu brüten. Wenn sie von Ridea und Madhan noch Informationen zur ersten Welle bekämen, könnten sie die Grundlagen für ein Standardwerk legen. Sogar die Wissenschaftler der Planetaren Föderation würden sich alle fünf Finger danach ablecken.

Oder alle vier Finger oder alle drei – je nach Spezies. Der Gedanke gefiel ihr.

„Captain?"

Sie wandte sich um. Frauke Weber. Das hatte sie verdrängt. „Sie haben was Neues?"

Weber nickte und hielt Braun ein Moterm hin. Braun nahm es und aktivierte den Schirm. Sie brauchte einen Moment, um zu verstehen, was die Formeln ausdrückten. Dann riss sie die Augen auf. „Im Ernst?" Sie sah Weber an. „Sind Sie sicher?"

Weber nickte. „Ich habe es mehrfach berechnet, mit verschiedenen Knoten. Ich denke, wenn … wenn eine Passage zu oft benutzt wird, kollabiert die Raumstruktur der Umgebung. Sehen Sie, hier!" Sie trat neben Braun und tippte auf einen Term. „Der Krümmungskoeffizient läuft gegen unendlich – plus und minus zugleich. Und hier: Die Raumdichte löst sich aus der Gleichung, sie könnte jeden beliebigen Wert annehmen. Und hier, das Zeitmoment …"

„Scheiße!"

„Ja, Sir", erwiderte Weber ernsthaft.

„Und was ist mit unseren Booten? Könnte es sie getroffen haben?"

„Nein, Sir, eher nicht. Dann wären wir nicht mehr durchgekommen. Der Knoten wäre implodiert. Oder explodiert, so genau weiß ich das noch nicht. Vor dem Kollaps käme auch eine Art Vorbeben, etwas, das den Zeitindex verschiebt."

„Jaja, darüber sprachen wir ja schon." Sie dachte an die drei Männer in den verschollenen Erkunderbooten. „Irgendwas Neues in diesem Zusammenhang?"

„Wenig Nützliches. Fest steht nur, dass die Horizon …" Sie unterbrach sich, weil ein Techniker an ihnen vorbei ging. Als er außer Hörweite war, fuhr sie fort. „Unsere astronomischen Messungen nach dem Sprung belegen, dass wir etwa vier bis sieben Monate in die Vergangenheit geraten sind."

„Das ist gut! Das ist gut. – Oder?", setzte sie angesichts Webers besorgter Miene hinzu. „Wir könnten in zwei Monaten wieder am Knoten sein und die Erkunder abfangen."

„… falls sie nicht auch einen Zeitsprung gemacht haben, Sir. Sie können in die Zukunft geraten sein. Oder viel weiter in die Vergangenheit."

„Berechnen Sie's!"

„Das kann ich nicht, Sir."

„Für das Schiff konnten Sie es auch!"

„Ja Sir, schon, aber … Aber nicht mit den Knotengleichungen. Ich habe Sternpositionen abgeglichen und Planetenkonstellationen und sowas."

Braun versuchte, nicht durchzudrehen. Sie brauchte bessere Informationen, verdammt noch mal! Sie konnte nicht wegen einer so vagen Möglichkeit das Schiff wenden! Andererseits konnte sie auch die Chance, Djormin und die anderen zu retten, nicht ignorieren. „Scheiße! Scheiße, Scheiße, Scheiße!"

„Tut mir leid, Sir", murmelte Weber. Sie sah aus, als würde sie Tränen zurückhalten.

Das brachte Braun zu sich. Sie legte Weber die Hand auf den Arm und versuchte, zu lächeln. „Sie können nichts dafür. Im Gegenteil, Sie … Sie haben verdammt gute Arbeit geleistet, ohne Sie wüssten wir von all dem nichts." Sie reichte ihr das Moterm zurück. „Machen Sie erst mal Pause, kriegen Sie den Kopf etwas frei! Vor morgen Mittag passiert sowieso nicht viel. Mindestens. Wahrscheinlich brauchen wir sogar ein bisschen länger, um das Archiv komplett aufzunehmen. Dann können wir immer noch entscheiden."

Weber nickte. „Danke, Sir." Sie ging.

Braun sah ihr nach. Sie hätte damals, kurz nach dem Sprung, darauf bestehen müssen, dass die Unstimmigkeiten abgeklärt werden. Irgend jemand – Braun erinnerte sich nicht, wer – hatte erwähnt, dass es mit der Ortsbestimmung Probleme gab, sie hatte das bei der Suche nach den Erkunderbooten völlig aus den Augen verloren. Sie hätten all das schon vor drei Monaten … Der Rufton der Bordkommunikation unterbrach ihre Selbstvorwürfe. „Ja?", meldete sie sich.

„Gibt es ein Problem, Captain?", fragte Sanchez.

„Inwiefern?"

„Wir warten hier im Besprechungsraum und …"

„Ich bin unterwegs. Holen Sie Mr. Gunawan dazu, XO."

„Er ist schon hier, Sir."

„Oh. Gut. Ich bin gleich da."

Ines Braun schloss die Kabinentür hinter sich und atmete tief durch. Sie fühlte sich ausgelaugt. Dabei hatte sie sich auf die Besprechung fast gefreut, vor allem darauf, Gunawan von Madhan zu erzählen und von der Aussicht, auch die erste Terraformingwelle endlich erklären und vielleicht sogar nachvollziehen zu können. Am Ende ging es dann aber nur noch um eine schwarzseherische These von Giovanna Bianchedi. Es mochte ja sein, dass Mardan Lahiri Anhaltspunkte gefunden hatte, dass die Archivare potentiell missionarische Absichten hatten und alle Mhalm-Welten dereinst in einem wiedererstandenen Gründerreich würden einen wollen. Auch unter radikalem Vorgehen gegen alle, die ihre Ansicht über den Ursprung der Welten nicht teilten. Aber was sollten schon tausend oder zweitausend halbgebildete Keltoner – und größer war die Population ja kaum – gegen all die Welten der Föderation ausrichten? Zumal sie keine nennenswerte Technologie hatten, um den Planeten aus eigener Kraft zu verlassen. Braun hatte zunehmend mürrisch reagiert und ärgerte sich jetzt darüber.

Sie spielte mit dem Gedanken, zur Insel runter zu fliegen, um mit Madhan zu plaudern. Oder mit Ridea. Oder sich einfach nur in die duftenden Kräuter des Waldes zu legen und unter dem Schutz der Kuppel vor sich hin zu träumen. Es fühlte sich falsch an, so fliehen zu wollen.

Vielleicht half ein Kaffee, um etwas zu entspannen. Braun holte sich einen aus der Küchenecke, nippte daran, verzog das Gesicht und stellte die Tasse weg. Ihr Blick fiel auf einen Brief auf ihrem Schreibtisch. Sie hatte ihn kurz vor dem Start zu dieser Mission erhalten, vor … langer, langer Zeit. Er war von ihrer Tochter Michaela. Sie hatte alles irgendwie besser gemacht als ihre Mutter. Wo sie wohl gerade war? Sicher auch irgendwo unterwegs zwischen den Sternen. Und Phil? Er kam so sehr nach seinem Vater. Vielleicht war sie ja schon Großmutter, wenn sie von dieser Reise zurückkehrte. Sie lächelte müde. Wenigstens ihre Kinder waren ihr geraten. Obwohl sie genau genommen kaum etwas zu ihrer Erziehung beigetragen hatte. Vielleicht auch weil.

Braun schloss die Augen und atmete tief durch. Sie spürte, wie im Hinterkopf all die wichtigen Fragen hockten, die Entscheidungen, die sie als Captain noch zu fällen hatte. Sollten sie versuchen, den Glauben der Archivare zu erschüttern? Ridea rehabilitieren, damit er nicht mehr wie ein Einsiedler leben musste? So viele Infos wie möglich von Madhan zu erhalten suchen? Ihm Hilfe anbieten? Wobei? Er war der Letzte, daran würde sich nichts ändern lassen. Und was war mit den Verschollenen? Lebten sie, waren sie noch zu retten? Wenn ja, würde sie den Preis bezahlen wollen? Würde die Besatzung den Preis bezahlen wollen? Durfte sie zulassen, dass sie ihn bezahlte? Und die Knoten? Sie wollte nicht diejenige sein, die die Nachricht nach Hause brachte, dass Knoten-Passagen zu Katastrophen führen konnten. Nicht schon wieder …

Braun schrak auf, sie wurde per Bordkommunikation gerufen. „Ja?", meldete sie sich.

„Sir, Sie sollten mal im Club vorbeischauen", sagte eine besorgt klingende Stimme.

Braun versuchte, die Stimme zuzuordnen. „Wieso?", fragte sie. „Was ist denn los?"

„Das sollten Sie selbst sehen, Captain", beharrte die Stimme.

„Im Club?" Sie fand das seltsam.

„Aye, Sir."

Sie gab nach. „Ich komme." Sie unterbrach die Verbindung. Während sie zum Club, wie der kleine Nebenraum der Messe auch genannt wurde, ging, grübelte sie darüber nach, was es dort Besorgniserregendes geben könnte. Ihr fiel nichts ein. Das beunruhigte sie.

Es war dunkel und totenstill, als sie den Club betrat. „Hallo?", rief sie halblaut. „Ist jemand hier?"

Das Licht flammte blendend auf. „Überraschung!!"

Sie sah als Erstes eine riesige Torte, die jemand herbeischob. Dann stand Tineko Sanchez vor ihr. „Im Namen der Besatzung alles Gute zum Geburtstag, Captain!"

Braun bedankte sich überrumpelt, schüttelte etliche Hände und fühlte sich ein bisschen hilflos. Sie ertappte sich bei dem Gedanken, dass ihr ein Notfall lieber gewesen wäre.

Der Erste Offizier hob Ruhe heischend die Hand. Erwartungsvolles Schweigen machte sich breit.

Sanchez nahm zwei Sektgläser und reichte eins davon an Braun weiter. „Captain, ich weiß, dass Sie Ansprachen nicht mögen, und ich möchte auch gar keine lange Rede halten. Aber einiges möchte ich doch sagen und … das ist der Anlass, zu dem Sie es ertragen müssen."

Vereinzeltes Gelächter. Braun schmunzelte.

„Als ich das Angebot erhielt, zur Besatzung der Horizon zu stoßen, war ich wirklich sehr stolz. Stan Tich, Sie … Ich glaube, die meisten hier fühlten sich geehrt, so früh in ihrer Karriere ausgerechnet unter Ihnen dienen zu dürfen." Zustimmendes Gemurmel raunte kurz auf. „Zugleich war es schon ein bisschen einschüchternd, zu wissen, dass ich mit einer der berühmtesten Frauen in der Geschichte der Weltraumfahrt arbeiten würde."

„Ich bin bestenfalls bekannt, Mrs. Sanchez. Und ich kann nicht mal was dafür."

„Oh, nein, Sir", widersprach sie ernst, „so ist es nicht. Sie sind bei einigen der großen Entdeckungen dabeigewesen … "

„… zufällig", versuchte Braun zu unterbrechen. „Genauso gut hätten andere bei diesen Flügen dabeigewesen sein können."

„Es waren aber keine anderen, Sir. Und Ihre Rolle beschränkte sich auch nur sehr selten auf einen zufällig anwesenden Beobachter der Ereignisse. Sir, was Sie vor allen anderen auszeichnet, ist die Selbstverständlichkeit, mit der Sie die Dinge tun. Ich glaube, ich spreche für alle hier an Bord, wenn ich sage, dass Sie nicht nur unseren ehrlichen Respekt haben, sondern auch unser Vertrauen in Ihre Fähigkeiten als Captain." Sie hob das Glas. „Auf Sie, Sir!"

Sie stieß mit Braun an. Die Gläser klangen, man trank. Braun war das alles unangenehm und zwar erheblich. Zum Glück setzten die Gespräche wieder ein – offenbar erwartete man keine Dankesrede. Die Torte musste sie noch anschneiden, doch das registrierten nur noch die

Umstehenden. Weil es sich so gehörte, nahm sich Braun ein Stück von dem Kuchen und kostete.

„Schmeckt er?", fragte Sanchez gespannt.

Braun nickte anerkennend.

„Es war nicht leicht, Ihren Geschmack herauszufinden, Sir. Man weiß in der Besatzung nur wenig Persönliches über Sie."

Sie hob die Brauen. „So?" Sie versuchte, locker zu wirken. „Und ich dachte immer, jeder kennt meine Geschichte."

„Naja. Die Geschichte schon, aber Sie, Ihre … Vorlieben und so …" Sanchez machte eine unbestimmte Geste.

„Der Kuchen jedenfalls ist ausgezeichnet, Tineko. Heben Sie mir ein Stück auf, ja?"

„Sie wollen schon wieder gehen? Es ist Ihre Party, Captain!"

Braun lächelte entschuldigend. „Es ist wirklich nett, dass Sie die Party organisiert haben, und ich freue mich darüber. Aber mir ist nicht nach Feiern. Ich bin … etwas müde, wissen Sie. Tut mir leid. Lassen Sie sich dadurch den Abend nicht verderben! Wir sehen uns morgen früh, okay?"

„Okay, Sir. Bis morgen früh."

Als John Harrison den Club betrat, war die Party in vollem Gange. Musik und Geplapper wogten laut durch den Raum, es wurde gelacht, es roch nach Sekt und deftigen Häppchen. Der Captain war nirgends zu sehen.

Harrison entdeckte Sanchez, die mit Gunawan plauderte. Er ging zu ihnen. Gunawan sagte gerade etwas über Mardan und Terraforming, was Harrison nicht in Zusammenhang bringen konnte. Dann dachte er, dass wahrscheinlich die Rede von dem Archiv der Keltoner war, aber auch das ergab nicht viel Sinn.

Gunawan bemerkte seinen irritierten Blick. „Der Captain hat mit einem von der ersten Terraformingwelle gesprochen", erklärte er. „Dieser Madhan ist allerdings der Letzte seiner Art. Das muss doch furchtbar sein."

„Mardan Lahiri?"

„Nicht Mardan. Madhan. Der Erste."

„Der Erste? Sagten Sie nicht gerade, er ist der Letzte?"

„Ja, der Letzte der Ersten. Sie hießen so. Erste. Weil sie vor Urzeiten aus einem andern Universum hierher in unsres kamen und dadurch wahrscheinlich zu den ersten lebenden Wesen hier gehörten."

Harrison hatte das Gefühl, noch nicht richtig wach zu sein. „Wie meinen Sie das, sie kamen aus einem anderen Universum? Einer anderen Galaxis doch eher, oder?"

„Keine Ahnung, Madhan sprach wohl von Universen. Wie man sich das genau vorstellen soll …" Er hob ratlos die Schultern. „Vielleicht sowas wie ein Knoten zwischen zwei Universen. Irgendetwas mit Dimensionsverschränkung ist auch dabei, aber das ist mir dann doch zu hoch."

„Aha", sagte Harrison, obwohl er nur ansatzweise verstand, was Gunawan erzählte. „Der Captain ist wohl gar nicht da?", fragte er Sanchez.

„Nein, sie ist sofort wieder gegangen."

Er war wenig überrascht. „Ich hab doch gleich gesagt, sie steht nicht so auf Party. Die Mühe hättet ihr euch sparen können."

„Sie schien sich aber schon gefreut zu haben", sagte Sanchez. „Sie war nur zu müde. Vielleicht hat sie der Psi-Kontakt zu Madhan etwas zu sehr angestrengt."

Harrison antwortete nicht. Sein Blick suchte nach Frauke Weber. Sie hatte die Party mit vorbereitet, dass der Ehrengast das nicht zu schätzen wusste, stimmte sie sicher traurig.

„Was wirklich irre an dem Ganzen ist, ist, dass nicht nur die Mhalm-Planeten erdähnlich sind, sondern die der ersten Welle auch. Sogar noch mehr", sagte Gunawan und sah dabei fragend Harrison an.

„Wahrscheinlich sind die Mhalm in der ersten Welle entstanden", antwortete der auf gut Glück.

„Das wird's sein", freute sich Gunawan. Er wirkte nicht mehr ganz nüchtern. „Man muss sich mal vorstellen: Die Ersten haben genau sowas terraformt, was zu uns passt. Was für 'n Zufall! Nich?"

„Vielleicht sind die Menschen auch ein Ergebnis dieser ersten Welle."

Gunawan grinste. Es sollte wohl schelmisch aussehen. „Na eben nicht! Wenn wir von der Erde eins wissen, dann dass sie nich terraformt geworden wurde. Ist. Terraformt worden ist. Zwar könnten die allerst… allerersten Zellen von draußen sein, aber danach ging es dann nur echt evolutionsmäßig zu. Kann man alles nachweisen. Zum Bei…", er hickste, „Beispiel dürfte man nich …"

„Entschuldigen Sie mich", unterbrach ihn Harrison, weil er Weber entdeckt hatte. Als er ging, hörte er, wie Gunawan weiter erklärte. Es verlor sich im Stimmengewirr.

Sie sah ihn auf sich zukommen und lächelte. „Hallo, John! Schön, dass du es noch geschafft hast."

„Ich bin extra früher aufgestanden", behauptete er. „Ich kann auch gar nicht lange bleiben, Jussef lauert bestimmt schon, wo ich herkomme. Tut mir leid, dass Braun deine Arbeit nicht würdigt."

Weber sah ihn groß an. Er wusste nicht, ob sie erstaunt oder erschreckt war. Er machte eine den Raum umfassende Geste. „Die Party", erklärte er.

„Ach so." Sie lächelte. „Nicht so schlimm."

„Du dachtest, ich rede von den Knotengleichungen, oder?"

Sie nickte.

„Hast du es ihr schon sagen können?"

Sie nickte wieder.

„Und?"

Weber musterte ihn. „Du weißt es nicht?"

„Was weiß ich nicht?"

„Ach nichts", winkte sie ab und blickte sich betont forsch um. „Was ist, wollen wir tanzen?"

Harrison legte ihr die Hand auf den Arm und sah sie eindringlich an. „Irgendwas stimmt doch nicht. Worum geht es, was hast du gefunden?"

Sie sank in sich zusammen. „Sie sagte, ich soll es erst mal für mich behalten."

Das alarmierte ihn. „So schlimm?"

Sie nickte. „Ziemlich schlimm." Ihr Blick huschte nach links und rechts, dann flüsterte sie: „Die ganze Raumfahrt könnte davon betroffen sein, John."

Er war nicht sicher, wie ernst er das nehmen sollte. Einerseits was sie eine brillante Wissenschaftlerin, andererseits neigte sie manchmal zu Übertreibungen.

„Im Ernst, John", beharrte sie. „Wir sind …", sie beugte sich etwas zu ihm und senkte die Stimme noch mehr, „… etwa ein halbes Jahr in die Vergangenheit geraten. Das sind die ersten Anzeichen für eine Superbeanspruchung einer Knotenpassage, John. Wahrscheinlich hat die Auflösung sogar schon begonnen und das Raumgebiet ist brüchig geworden. Wenn wir Pech haben und die Karelionthese stimmt, dann könnte dieser Bruch sogar wie eine Welle durch den Raum laufen und …" Sie verstummte, offenbar selbst erschreckt von den Konsequenzen. Ihr Blick flehte John an, ihr zu widersprechen.

Er versuchte es mit einem Lächeln. Es misslang, er spürte es selbst. „Komm", sagte er und machte Anstalten zu gehen. „Lass uns irgendwo anders darüber reden …"

Braun war direkt von ihrem Quartier aus in den Hangar gegangen und dann auf den Planeten geflogen. Sie navigierte nach Scandaten und landete nahe am Waldrand. Es war stockdunkel, als sie ausstieg, selbst der Restlichtverstärker lieferte kaum mehr als Schemen. Eine Welt ohne Mond, dachte sie, wie viele nachtaktive Tiere konnte es unter diesen Umständen wohl geben? Extrem wenige offenbar, sonst wären von dem Knacken, das ihre Schritte im Wald erzeugten, wohl deutlich mehr Vögel oder andere Beutetiere alarmiert und aufgeschreckt worden. Sie hatten sich an eine Nacht ohne Räuber angepasst.

Sie tappte weiter vorwärts. An dem, was sie sah, konnte sie nicht ablesen, ob sie in die richtige Richtung ging, aber sie spürte die Vorfreude Madhans auf ihr Kommen und dieses Signal wirkte wie ein Funkfeuer in ihrem Geist.

Von einem Schritt zum nächsten umflutete sie Helle. Sie musste die Wand zur Enklave passiert haben. Sie schloss die Augen.

„Ines!", hörte sie Madhans Stimme. Anders als vor Stunden schien sie aus einer bestimmten Richtung zu kommen.

Braun wandte sich dorthin und blinzelte.

„Zu hell?", fragte der Erste und im selben Moment wurde es dunkler. Jetzt, im Dämmern, konnte Ines die Augen öffnen. Etwas in ihr erwartete, Madhan zu sehen, und für den Bruchteil einer Sekunde glaubte sie, eine riesige schemenhafte Gestalt wahrnehmen zu können. Der Eindruck verflog jedoch rasch.

„Du bist gekommen", freute sich Madhan. „Das ist so wunderbar!" Ein Geräusch, als klatsche er in die Hände, erklang.

Braun fühlte, wie sie lächelte. „Um nichts in der Welt hätte ich mir ein erneutes Treffen entgehen lassen. Wir haben so viele Fragen …"

„Wir?"

Sie hatte das Gefühl, als schaue er sich suchend um. „Ich", präzisierte sie. „Vorerst zumindest. Aber ich denke, wenn wir einen Weg finden, dass auch meine Crew mit dir sprechen kann, gäbe es diesen und jenen, der ebenfalls gern so manches erfahren würde."

„Das tut mir leid."

„Das …? Was meinst du?"

„Ich weiß nicht viel", erklärte Madhan. „Natürlich weiß ich einiges, aber das wirklich Interessante war in dem großen technischen Gerät notiert. Der Zugang dazu ist nur noch extrem eingeschränkt möglich."

Braun vermutete, dass Madhan von einer Art Computer sprach.

„Ja, ja, Computer!", bestätigte er erfreut. „Schön, dass mal jemand unterscheidet und nicht alles nur als technisches Gerät bezeichnet. Oh, ich erinnere mich daran, wie verwirrend es anfangs war, weil der Übersetzer das nicht verstanden hatte. Ich war noch klein damals, sicher, und mich hat manches verwirrt, aber das war wirklich irritierend."

„Du meinst, dieser … Kontakt zu den Keltonern besteht noch gar nicht so lange?"

„Oh doch, das tut er." Er lachte. „Aber nett von dir, dass du meine Kindheit als nicht allzu weit zurückliegend vermutest." Dann wurde er wieder ernst. „Ganz am Anfang, als wir bemerkten, dass die Gründer auf unseren Planeten gekommen waren, vermieden wir Kontakte.

Die Gründer – Mhalm – waren nicht auf etwas wie uns vorbereitet. Weder durch Wissen noch durch psychologische Fähigkeiten. Oder neuro-physiologische Fähigkeiten, keine Ahnung, was zutreffender ist. Erst viel später, als uns klar wurde, dass wir zu den Letzten der Ersten gehörten und die Keltoner keinen Besuch mehr von außen bekamen und sich zivilisatorisch zurückzuentwickeln begannen und wir uns gemüßigt fühlten, hin und wieder helfend einzugreifen … Naja, da fing das mit den Kontakten überhaupt erst an. Die Archivar-Kultur war aber schon so weit von moderner Wissenschaft und Forschung abgeschnitten, dass man uns für Götter hielt. Bizarr eigentlich, denn soweit ich weiß, hatte die Elite Keltons damals noch Zugang zu ihren eigenen Computern. Mein Ururgroßvater war einer unserer Ingenieure, die auch am Gründercomputer noch Reparaturen vornahmen. Aber irgendwann ging uns das Material aus. Ohne eine funktionierende Basis-Industrie kann man eben auch keine Nanochips in benötigter Menge herstellen.“

Braun runzelte die Stirn.

„Was ist? Habe ich zu viel geredet? Tut mir leid, ich bin nur so lange schon nicht mehr in der Situation gewesen, halbwegs sinnvolle Gespräche zu führen, dass ich …“

„Nein, nein, das ist schon okay. Ich bin nur ein bisschen irritiert über deine Aussage in Sachen Industrie.“

„Naja, die Gründer hatten damals alles Nötige importiert. Ich vermute, sie haben deshalb keine Industrie etabliert, weil sie dachten, sie würden immer wieder kommen können. Aber wahrscheinlich ist etwas passiert. Auch die erfolgreichste Spezies kann Rückschläge erleiden. Wenn du mich fragst: Die haben sich bei all den Welten, die sie kolonisiert haben, einfach nur verzettelt. Ich meine: Stell dir doch so ein Imperium mal vor! Das zusammenzuhalten, ist nicht ohne!“

„Ja, schon möglich." Tatsächlich war laut den Föderationsaufzeichnungen so etwas Ähnliches passiert: Die Welten hatten sich immer unterschiedlicher entwickelt, die Völker vereinzelten, das Zusammengehörigkeitsgefühl schwand, schließlich brachen sogar Kriege aus. „Und ihr?", fragte sie. „Was ist mit eurer Industrie passiert?"

„Wir hatten keine."

„Wie: Ihr hattet keine?"

„Na, wir sind doch hier gestrandet! Schon vergessen? Mit nur einem Schiff. Klar haben wir auf den Planeten, die wir uns anpassten, Industrie aufgebaut, aber die Bedingungen waren zu schlecht. Viele Vorgänge der Verschränkung haben wir bis zum Schluss nicht verstanden."

„Zum Beispiel?"

„Ich könnte dich zum Beispiel einfach schwängern."

„Wie bitte?"

„Nein, nein", sagte er und es klang, als mache er eine abwinkende Geste. „Das mach ich schon nicht, da hätte niemand was davon. Aber ich könnte. Ohne Sex – weder deiner Spezies noch meiner."

Braun versuchte, erleichtert zu sein, in Wirklichkeit tobte jedoch gerade ein Tornado durch ihre Gedanken. Er wirbelte Fragen nach dem wie, nach dem warum und dem warum nicht wild durcheinander. „Okay", versuchte sie, Ordnung zu schaffen, „können wir vielleicht mal zurückgehen? An den Anfang?"

„Ganz an den Anfang? So wie ‚Im Anfang war das Wort'?" Er kicherte. „Nein, entschuldige, das war albern. Das war nur so ein Spruch, den mein Vater gern sagte. Stammt von unserem Urahn, dem ersten Ersten unserer Familie. Angeblich zumindest. Legende eben." Ein Grinsen lag in der Luft. „Wie alles über die ersten Ersten. Habt ihr sicher auch, sowas."

„Legenden?“

Er nickte offenbar.

„Ja.“

„Das nervt, oder? Alle waren furchtbar schlau und furchtbar mutig und furchtbar kreativ.“ Er schnaufte. „Hat ihrer Spezies aber nicht viel genützt.“ Als er merkte, dass sie nicht darauf antwortete, sagte er: „Entschuldige! Ich weiß, ich sollte sowas wie Altersweisheit entwickelt haben, eine gewisse Gelassenheit, aber manchmal … nun ja.“

Sie nickte. Sie wusste, was er meinte.

„Du wolltest etwas über den Anfang wissen. Was genau?“

„Ich … Ich weiß nicht. Alles. Wo ihr herkamt. Wie ihr hergekommen seid. Sowas vielleicht.“

„Über das wie weiß ich nicht viel. Nur, dass es passierte. Es gab mal Gleichungen dafür, von meiner Urahnin, aber die sind schon früh verloren gegangen. Wir hatten auch nie wieder die Rechnerkapazität, sie wieder herzustellen. Hätte uns vielleicht zurückbringen können. Aber das vermute ich nur.“

„Und woher kamt ihr? Wie sah es dort aus?“

„Wie hier.“

„Wie hier?“ Sie hob die Brauen. „Das ist recht unwahrscheinlich.“

„Ja, ist es. Und es stimmt wahrscheinlich auch nicht. Aber erstens weiß ich es nicht, ich kenne nur Erzählungen und ein paar Bildaufnahmen, und zweitens würde alles, was ich dir erzähle oder zeige, sofort in deine Denkwelt eingepasst werden. Für dich würde es so aussehen, als würdest du bei euch zu Hause durch die Gegend spazieren.“

„Verstehe. Naja, wenn diese Welt hier …“, sie machte eine alles umfassende Geste, „… von euch für eure Bedürfnisse terraformt wurde, sind die Unterschiede vielleicht gar nicht so groß."

Ein Gedanke schoss durch den Raum, Braun konnte ihn aber nicht fassen. Auch Madhan sprach ihn nicht aus. Ridea? Braun wandte sich suchend um.

„Er ist nicht hier", sagte Madhan.

„Ich seh schon. Er schläft wohl noch."

„Nein, er ist nicht hier."

Braun runzelte die Stirn. „Was meinst du? Nicht … wo?"

„Im Hort."

„Im … Unter der Kuppel?" Sie riss die Augen auf und hatte plötzlich das Bedürfnis, Madhan anzustarren. Ein Schemen manifestierte sich vor ihr. Sie suchte dessen Gesicht. Der Schemen verflog. „Moment", versuchte sie, sich zu sortieren. „Ich denke, Ridea kann den Hort nicht verlassen."

„Das war eine Lüge."

„Warum sollte er mich belügen?"

„Ich habe ihn belogen. Er missverstand etwas und ich ließ ihn in dem Glauben, das Kontaktmodul in seinem Gehirn würde zerstört werden, wenn er den Hort verließe."

„Wieso?"

„Wieso er es missverstand oder wieso ich ihn in dem Glauben ließ?"

„Letzteres."

„Ich hatte ein wenig Angst, er könnte gehen."

„… und nicht wiederkommen."

„Das nicht. Er wäre wiedergekommen. Der letzte Diener des Letzten der Ersten. Das liegt ihm im Blut."

Sie schwieg.

„Jetzt willst du wissen, warum ich es trotzdem tat, oder?"

„Nein, eigentlich nicht. Vielmehr frage ich mich, warum er jetzt ging. Damit riskiert er doch seines Wissens nach das Gerät und damit wiederum, dass er seine Aufgabe als Diener nicht mehr erfüllen kann." Sie sah fragend zu dem dunkleren Fleck im Dämmern, der sich erneut zu einer menschlichen Silhouette zu formen begann.

„Verstehe. Wenn er das auch den Männern erzählt hat, dann wollten sie ihn vielleicht auf diese Weise von mir trennen."

Die Silhouette wurde detaillierter. Braun versuchte, sich darauf zu konzentrieren und zugleich das Gespräch zu verstehen. „Was für Männer?", fragte sie.

„Die, die ihn gestern Abend holten."

Die düstere Figur zerbarst. Braun glaubte sogar, ein leises „Plopp!" zu hören. Sie wischte den Eindruck beiseite, es gab Wichtigeres. „Ridea wurde geholt? Von wem?"

„Ich weiß nicht. Männer eben."

„Du hast es geschehen lassen?"

Er schien irritiert zu sein. „Ja. Dem Gerät passiert nichts."

„Dem Gerät? Verdammt, Madhan! Ich rede von Ridea! Was denkst du denn, weshalb sie ihn wegholen? Ihn, den Diener der Götter?!"

Endlich schien er zu begreifen. „Oh. Das Blasphemie-Gesetz."

„Ja genau! Das Blasphemie-Gesetz!" Sie aktivierte ihr Kommarmband und rief das Schiff.

Die Brücke der Horizon war mit drei Mann nur minimal besetzt. Vor zehn Minuten hatte Wisut Ababa seinen Kollegen Erol Muyser an den Sensoren abgelöst, am Steuerpult wartete Montaldo Piere Lafitte auf sein Schichtende und im Kommandosessel saß John Harrison und dachte zum gefühlt tausendsten Mal über Webers Entdeckung nach. Eigentlich hatte er ihr nur deshalb zugehört, weil er das Gefühl gehabt hatte, sie bräuchte jemanden zum Reden. Etwas, was er gut nachvollziehen konnte. Obwohl er nach so langer Zeit an Bord doch diesen und jenen seinen Freund nennen konnte, fehlte auch ihm diese besondere Nähe zu jemandem, dem man sich selbst mit den absurdesten Dingen anvertrauen konnte. Oder mit den schlimmsten, denen, die einem die Kehle zuschnüren, wenn man sie sich auch nur annähernd vorstellte.

Harrison konnte sich einen brechenden Raum noch nicht mal annähernd vorstellen. Allein Webers Entsetzen ließ ihn ahnen, was das bedeuten mochte. Insgeheim warf er dem Captain vor, Frauke mit dieser Last auf der Seele zum Stillschweigen verdonnert zu haben. Das war unmenschlich.

Zugleich verstand er jedoch auch Brauns Beweggründe. Zwar glaubte er noch immer, sie hätte wenigstens Sanchez und ihm, ihrem Sicherheitschef, davon erzählen sollen, doch er musste zugeben, dass er nicht gewusst hätte, was er daraufhin hätte vorschlagen können. Er wusste es auch jetzt nicht. Umkehren? Nicht bei so vagen Vermutungen hinsichtlich einer möglichen Rettung der Erkunder. Mit Blick auf eventuelle Raumbrüche verbot sich die Rückkehr zum Knoten sogar. Andererseits könnten die Männer noch leben. Harrison war beinahe froh, offiziell von der Lage nichts zu wissen und deshalb nicht entscheiden zu müssen.

„Sir?", unterbrach Ababa Harrisons Gedanken. „Sir, das Hangardeck meldet Aktivitäten."

„Welcher Art?"

„Ehm … Sekunde … Das Shuttle wird gestartet." Er schaute fragend auf. „Soll ich eingreifen?"

Harrison rief die Hangar-Kontrollen auf das Kleine Pult an seinem Platz. Er erkannte die Kennung des Captains in den Startroutinen und runzelte die Stirn.

„Sir?", fragte Ababa nach.

Harrison schüttelte den Kopf. Dann sah er zu Ababa hinüber. „Es ist der Captain. Sie sprach davon, heute früh noch mal zur Insel zu fliegen", behauptete er. In Wirklichkeit war er sich nicht sicher, ob sie es zu ihm gesagt oder er es nur irgendwo aufgeschnappt hatte.

Lafitte drehte sich um. „Sie fliegt allein? Ist das denn zulässig?"

„Sie ist der Captain", sagte Ababa achselzuckend.

Harrison schwieg dazu. Was wollte sie bloß da unten? Auf der Insel herrschte tiefste Nacht, nur wenige Wärmesignaturen deuteten an, dass in der Stadt Feuer unterhalten wurden. Die Zeichen für Mensch und Vieh sprachen von Schlaf.

Er schwenkte mit den Anzeigen zum Archiv. Hier herrschte schon mehr Betrieb. Einige der Archivare wuselten durch das Lager, das von Feuern erhellt wurde. An einer Stelle – Harrison wusste dort den Ausgang des Verbindungstunnels zur Stadt – tauchten drei weitere Gestalten auf. Die anderen gesellten sich sofort zu ihnen; eine kleine, leicht wogende Traube von hellen Flecken bildete sich auf Harrisons Monitor ab. Ein Fleck löste sich – jemand ging, um die anderen zu wecken. Inzwischen bewegte sich die Traube zu einem der Feuer, wo sich die Versammlung offenbar niederließ. Nach und nach kamen weitere Archivare dazu, setzten sich vermutlich und hörten sich an, was die Ankömmlinge zu berichten hatten. Nur die Wärmesignaturen der Menschen blieben unverändert, so, als bekämen die Schläfer nichts von dem Geschehen mit.

„Jetzt sieht es wirklich aus wie eine Sekte", sagte Lafitte. „Ziemlich unheimlich dieses Nachttreffen, oder?"

Harrison blickte auf. Das Wärmesensorbild füllte den Hauptmonitor. „Vielleicht gehört das zum üblichen Vorgehen", sagte er. „Eine Arbeitsbesprechung oder etwas in der Art."

„Mitten in der Nacht?"

Zwei Lichtpunkte lösten sich aus der Versammlung und bewegten sich zu den Signalen der Menschen. In einem kleinen Abstand verharrten sie. Vier weitere Punkte bezogen Position rund um den Schemen des Landeshuttles.

„Was zum …?", murmelte Harrison.

„Sieht aus, als hätten die Wachen aufgestellt", sagte Lafitte und drehte sich zur Sensorstation um. „Für Ton sind wir wohl zu weit weg, oder?"

Ababa nickte. „Ich kann nur versuchen, die Auflösung zu verbessern. Dazu müsste ich die Sonde etwas näher heranbringen."

Harrison schüttelte den Kopf. „Versuchen Sie es ohne Annäherung! Und zeigen Sie mir auch die Insel!"

Das Bild auf dem Monitor teilte sich. Die Stadt wurde – zumindest schemenhaft – sichtbar. Dort schien noch immer alles ruhig.

„Sehen Sie den Captain?", erkundigte sich Harrison.

„Nur schlecht. Sie ist wohl wieder in dieser anderen Sphäre."

„Weitere Lebenszeichen von dort?"

„Ein paar Tiere rundrum, Sir. Nichts Großes."

„Was ist mit diesem Ridea? Der müsste doch auch zu sehen sein."

Ababa hantierte auf seinem Pult. „Ich finde ihn nicht, Sir. Sein Haus ist ganz schwach erkennbar, wegen der Restwärme vom Tag, aber er … Nichts, Sir, er ist weg.“

„Rufen Sie Braun!“

Ines Braun starrte auf ihr Armband. Es zeigte an, dass es den Ruf abgesetzt hatte, aber keine Antwort bekam.

„Die Enklave“, erinnerte Madhan. „Ich muss sie erst durchlässig machen. So, jetzt versuch …“

„… an Captain!“, schepperte es aus dem Armband. „Bitte antworten Sie!“

Braun regelte die Lautstärke herunter. „Mr. Harrison?“

„Captain!“ Er klang erleichtert. „Ist alles in Ordnung bei Ihnen?“

„Nicht wirklich. Ridea wurde verschleppt. Können Sie ihn aufspüren?“

„Nein, Sir, tut mir leid.“

Braun runzelte die Stirn. „Das kam jetzt etwas schnell. Haben Sie es wenigstens versucht?“

„Ja, Sir“, antwortete Ababa, „sobald wir bemerkten, dass er nicht in Ihrer Nähe ist. Ich habe zwar die Aufzeichnungen abgerufen und gesehen, dass er vor fast drei Stunden von zwei anderen abgeholt wurde, aber in der Stadt habe ich sein Signal verloren. Das heißt, nachdem er und die anderen im Umfeld eines Lagerfeuers gewissermaßen unsichtbar wurden, wusste ich nicht mehr, wer wer bei den wieder auftauchenden Signalen war.“

„Verstehe.“ Sie versuchte, Madhan zu sehen. „Kannst du uns helfen? Ihn erfühlen oder so etwas?“

„Nicht von hier aus. Ich müsste den Hort verlassen. Das erfordert aber eine Reihe von Vorbereitungen. Genau genommen weiß ich nicht mal, ob der Schutzanzug noch funktioniert, ich habe ihn seit fast zweihundert Jahren nicht mehr benutzt. Damals lebte mein …“

„Madhan!“, unterbrach sie ihn.

„Oh, Verzeihung! Natürlich. Ich beeile mich.“

Braun fühlte, wie er sich entfernte. Die einsetzende Leere ließ sie schaudern.

„Captain?“, meldete sich Harrison. „Da ist noch etwas. Beim Archiv tut sich was. Es sieht aus wie eine Versammlung. Und … also … vermutlich haben sie Wachen aufgestellt.“

„Wachen?“

„Ja. An unserem Zelt und beim Lander.“

„Verdammt! – Was ist mit unseren Leuten?“

„Die scheinen es noch nicht bemerkt zu haben, Sir. Sie schlafen vermutlich.“

„Wecken Sie sie!“

„Sollten wir nicht erst mal …“

„Wecken Sie sie! Ich will, dass sie sofort aufs Schiff kommen.“

„Aye, Sir.“

Sie hörte ihn die entsprechenden Befehle geben. Ein Teil von ihr dachte, dass sie wahrscheinlich wirklich überreagierte, aber das fühlte sich nicht so an, als müsste sie deswegen ihre Anordnungen widerrufen.

„Interessant“, sagte Madhan gedämpft, als käme seine Stimme aus einem Nebenzimmer. „Sind alle Menschen so zwiegespalten? Ich kenne das nur von den meinen. Mein Großvater zum Beispiel …“

„Madhan!“

„Ja ja, ich beeile mich ja schon. Sekunde noch. Sekunde … Ach verdammt! Das Druckventil ist undicht. Ich muss es austauschen. Falls ich noch eins habe …“ Ein Geräusch, als wühle jemand in einer Kiste voller Metallteile, erklang. „Ah, da ist ja … Mist! Auch kaputt. Wo könnte denn …“

„Madhan! Wir haben nicht viel Zeit!“

„Ich weiß, ich weiß. Aber ohne den Anzug kann ich nicht rausgehen. Zu viele …“

Seine weiteren Worte gingen im Rufton vom Schiff unter. „Captain, das Team ist jetzt wach. Sie packen zusammen.“

„Und die Archivare?“

„Die sind nicht erfreut“, antwortete Mardan Lahiri statt Harrison. Ein Rauschen lang über seinen Worten. „Sie sehen grimmig aus.“

„Bedrohen sie Sie?“

„Nicht direkt. Ich meine mit nichts, was über diesen grimmigen Blick hinausgeht. Kann auch …“

„Captain!“, fiel ihm Ababa ins Wort. „Ich glaube, Ridea ist tot.“

„Was?“

„Ich glaube, er ist tot. Eines der Wärmesignale ist definitiv schwächer geworden. So als ob … naja … ein Leichnam langsam auskühlt, Sir.“

Braun schluckte hart. Sie fühlte Madhans Fassungslosigkeit und war geneigt, einzuräumen, dass der Tote vielleicht gar nicht Ridea war. Doch sie wusste es besser.

Stille sank hernieder. Leere. Nur ganz fern, beim Archiv, gab es hektische Aufbruchsgeräusche, die wie ein Wispern aus dem Kommarmband drangen.

„Warum?“, fragte Madhan. „Wir haben doch niemanden gestört.“

„Offenbar schon.“

Eine Welle durchzog den Raum und brach sich stumm an Madhans Umrissen. „Aber wir haben doch niemanden belästigt oder etwas getan oder sonst etwas“, sagte er.

„Manchmal reicht es, zu existieren.“

Eine weitere Welle verzerrte die Sicht, eine dritte. Madhan wurde sichtbar. Geisterhaft nur, wie ein lichtschwaches Hologramm, aber deutlich genug, dass Braun ihn erkennen konnte. Er sah menschlich aus. Ein Mann in roten Pluderhosen und einem karierten Hemd mit metallverstärkten Kragenspitzen. Sein Gesicht ähnelte dem von John Harrison.

„Wow", sagte Madhan und verblasste. „Ich kann dein Denken sehen." Dann schaute er sich um. „Hast du den Gong auch gehört?"

Braun schaute zu der Stelle, wo Madhan eben noch sichtbar gewesen war. „Ich nahm es als optisches Phänomen wahr. Als Welle." Ein Gedanke formte sich in ihr, irgendwo ganz unten. Und sie spürte, dass auch Madhan ihn verfolgte.

„Los, los, los!", unterbrach Skahs Stimme die Verbindung zwischen den beiden. „Weg hier!"

„Was ist los?", fragte Braun.

„Die Archivare greifen an", erklärte Harrison.

„Die in der Stadt machen auch mobil", ergänzte Ababa. „Sie kommen in Ihre Richtung, Captain!"

„Sie müssen da weg, Sir!", rief Harrison.

„Wenn man jetzt beamen könnte …", sagte Madhan und Braun fühlte ihn lächeln.

„Komm mit!", sagte sie.

„Das würde ich gern. Aber der Anzug …"

„Ich hol dich mit dem Shuttle hier ab", schlug sie vor, obwohl sie wusste, dass das keine Option war.

Madhan lächelte noch tiefer. „Mach dir keine Sorgen. Sie können mir nichts tun."

„Captain! Sie müssen los!"

Braun nickte. „Ich komme." In Madhans Richtung sagte sie: „Es tut mir leid. Alles."

„Mir nicht", antwortete Madhan und Braun fühlte ihn den Raum verlassen. Er streckte sich den Ankommenden entgegen, scheuchte Tiere auf, löschte einige der Fackeln. Braun wusste das alles, sah es, während sie durch den Wald zu ihrem Boot eilte. Sie wusste auch, dass das Archivteam mit seinem Shuttle abgehoben hatte, noch bevor Harrison sie darüber informierte. Dann kam sie an ihrer Fähre an, sprang hinein, startete und flog auf direktem Weg zur Horizon.

*

Die Tage auf der Insel waren kurz geworden, so kurz wie die ersten Tage des Prüfungsjahres gewesen waren. Während Rstr und Ktm gemeinsam nach Nahrung suchten, das Signalfeuer versorgten und die Hütte ausbesserten und erweiterten, lernten sie allmählich die Worte des anderen verstehen. Rstr war sich noch immer nicht sicher, ob Ktm ein fleischgewordener Geist war oder ein Schöpfer. Ktm nannte sich selbst einen Mss. Und er fragte sehr viel, manchmal dachte das Trrk deshalb, die Mss müssten die Schöpfer sein, die zurückgekehrt waren, um nach der Welt zu sehen.

Dann wieder fragte Ktm Dinge, die ein Schöpfer hätte wissen müssen, Dinge über Tiere und Pflanzen, und dann glaubte Rstr eher daran, dass Ktm ein Prüfungsgeist sei, der das Wissen des Heranwachsenden testete.

Manchmal aber, besonders, wenn der Mss etwas erzählte, wusste Rstr gar nicht mehr, was es von dem Wesen halten sollte. So war die Rede von Luftbooten – mit einem war Ktm gekommen, doch es war im Meer untergegangen – und Ktm behauptete, es gäbe hoch oben, weit über den Wolken, noch riesengroße Boote, in denen viele Mss lebten. Er sprach außerdem von Dingen, die Arbeit verrichten, Wissen sammeln und sprechen konnten. Die silbernen Steine zum Beispiel konnten Worte hören und sie in anderen Sprachen wiedergeben, aber nur, wenn sie nicht krank waren, wie die beiden, die Rstr und Ktm besaßen.

Und der Mss hatte eine Waffe gebaut, mit der man kleine Speere schleudern konnte. Damit jagte er Vögel und Fische. Kein Schöpfer hätte das je getan, aber vielleicht tat Ktm es ja für Rstr, das so mehr gute Nahrung bekam, als es allein hätte finden können in der Regenzeit. Einmal fragte Rstr, ob man diese Waffe auch gegen Feinde einsetzen könnte. Der Mss hatte das Trrk angesehen und lange nachgedacht. Dann hatte er gesagt, es wäre nicht gut, das zu tun. Rstr hatte erzählt, dass die Jäger manchmal auf Trrk stießen, die Waffen besaßen, die ohne jeden Pfeil töten konnten. Das hatte den Mss aufgeregt. Rstr hatte nicht begriffen, warum.

Und dann geschah etwas Seltsames. Rstr und Ktm waren an diesem Abend auf der Klippe, als der Krst plötzlich aufgeregt zu bellen begann. Zuerst reagierte Rstr gar nicht darauf – seit der Regen manchmal aufhörte, war das Tier irgendwie nervös geworden. Ktm versuchte, den Krst zu beruhigen, horchte dann aber auf. Jetzt vernahm auch Rstr das eigenartige Brummen. Es kam von irgendwo hinter der Insel. Aber kaum hatte Rstr das erkennen können, brach der Ton plötzlich ab. Ktm sah das Trrk fragend an, doch Rstr hatte keine Ahnung, was das für ein Geräusch gewesen war. Ktm schlug vor, nachzuschauen. Rstr erinnerte den Mss daran, dass der Weg lang sein würde und die Nächte jetzt sehr kühl waren. Kühl genug, dass ein Trrk lieber am wärmenden Feuer in der Hütte saß, als nach etwas Unbekanntem zu suchen.

Am nächsten Tag hatte Ktm den Vorfall vergessen. Zumindest sprach er nicht mehr davon, und Rstr, dem die Kühle zu schaffen machte, erinnerte den Mss nicht daran. Für einen Moment dachte das Trrk zwar, dass es eigentlich wichtig war, zu wissen, ob mit dem Brummen eine Gefahr auf die Insel gekommen war, aber es beruhigte sich damit, dass es ja nicht allein war. Der Krst würde etwas Fremdes schnell bemerken und der Mss beherrschte seine Waffe gut genug, um sich gemeinsam mit Rstr verteidigen zu können.

Rstr begann, den Mss zu bewundern. Ktm hatte sich nicht nur als sehr geschickt und klug erwiesen, ihm machte auch die Kälte nichts aus. Den meisten Weichhäutern machte Kälte nicht viel aus, aber dieser hier schien eher noch aufzuleben. Er unternahm jetzt oft allein Jagdstreifzüge. Rstr bemühte sich dafür mehr um Trrs-Fasern, um die Hütte und das Signalfeuer. Manchmal ging es, Früchte zu suchen, Ktm kannte die meisten der jetzt reifenden Früchte noch nicht. Zum Beispiel die Sstk-Nüsse. Rstr kannte eine Stelle, wo sehr viele Sstk-Bäume standen, und ging nun dorthin. Die Nüsse mussten gerade noch weich genug sein, dass man sie mühelos spalten konnte. Das tranige Fruchtfleisch würde getrocknet eine gute Suppengrundlage abgeben.

So in Gedanken versunken, bemerkte Rstr die beiden Trrk erst, als sie ihn ansprachen. Es waren Fremde, sie trugen Kleidung. Das eine von ihnen – es nannte sich Krsm – schien ein wenig die Sprache der Zehn Stämme zu kennen. Es erzählte Rstr in holprigen Sätzen, dass es gemeinsam mit Kr – seinem Gefährten – auf der Insel gestrandet war, und fragte, wie sie zurückkommen könnten. Rstr versuchte den beiden zu erklären, dass sie bis zum Ende des Prüfungsjahres warten müssten. Ein Prüfling durfte kein Boot bauen, und bevor nicht das Jahr herum war, gab es auch keine Möglichkeit, die Alten auf dem Festland darum zu bitten, jemanden von der Insel abzuholen.

Die beiden Trrk führten Rstr zu ihrem Lager, sie hatten es in einer kleinen Bucht an der Rückseite der Insel aufgebaut. Sogar eine Hütte hatten sie versucht zu errichten. Sie sah erbärmlich aus. Allerdings besaßen die Fremden viele sehr seltsame Gegenstände. Krsm behauptete, es habe sie aus dem sinkenden Boot bergen können, und führte Rstr ein Feuer ohne Holz vor. Die Flammen waren klein und taugten kaum zum Wärmen.

Krsm lud Rstr ein, bei ihm und Kr zu bleiben. Rstr erklärte, dass es Gefährten hatte, die es nicht allein lassen könne, und Krsm fragte, ob es den Krst und Ktm kennenlernen dürfe. Rstr hatte nichts dagegen. Die Fremden folgten ihm zur Hütte.

Was dann geschah, verstand Rstr nicht genau. Als Krsm und Kr den Mss sahen, wurden sie ganz aufgeregt. Sie stellten ihm viele Fragen, die Rstr nur schwer übersetzen konnte. Genauso schwer waren die Antworten des Mss zu verstehen, die Rstr übersetzte, doch die Fremden schienen etwas damit anfangen zu können. Rstr begriff nur so viel, dass Kr den Mss erst für einen Schöpfer gehalten hatte, Ktm jedoch erklärte, von einer anderen Welt zu stammen.

Die Fremden blieben zwei Tage, in denen sie viel mit Ktm sprachen. Kr hielt alle Worte auf gelblichen Blättern fest. Es nannte das „schreiben".

*

Das All lag tiefdunkelgrün vor ihnen, die Sterne summten. Das Geräusch war schwach, nur wahrzunehmen, wenn man die Sensoren auf einen Stern fokussierte und die Lautstärkeregler voll aufdrehte. Jeder Stern summte in einer etwas anderen Tonlage. Zeichnete man das auf und legte es übereinander, formte sich ein Lied. Ines kannte es, konnte es aber nicht benennen. Und sie wusste, dass das nicht richtig war, ohne dass sie wusste, was nicht stimmte. Auf dem Bildschirm zeichnete sich die Reflexion eines Gesichtes ab. Madhan, wusste Ines.

Aber es war das Gesicht von Ridea. Es wandelte sich, wurde zu Stans Gesicht. Dann zu dem von Pawel Djormin. Nein, es war Tatum Kahal. Nein, Gordon Puchelle. John Harrison. Harrison? Ines drehte sich um. Harrison stand hinter ihr an der Sicherheitsstation. Er summte vor sich hin. Mit Madhans Stimme …

Braun fuhr auf. Sie fühlte sich sekundenlang wie mitten im Nichts, ehe das schummrige Nachtlicht ihrem Quartier den Eindruck schützender Endlichkeit abtrotzte. Sie stand auf und tappte ins Bad. Sie wusste, dass sie nicht wieder einschlafen würde; seit der Rückkehr von Kelton vor einer Woche, seit sie diesen Traum zum ersten Mal hatte, war ihr das nicht gelungen. Stattdessen tigerte sie durch das Schiff. Es fühlte sich gut an, wie der Spaziergang durch das eigene tiefvertraute Haus. Manchmal traf sie Besatzungsmitglieder, die zur Nachtschicht gingen oder im Dienst irgendwohin eilten. Dann grüßte sie sie. Mehr nicht. Schatten, die vorbeihuschten. Für die sie die Verantwortung trug. Die sie heimbringen würde, und wenn es das Letzte war, was sie tat.

Braun hatte plötzlich Heißhunger auf Schokolade. Sie ging in die Messe, um sich einen Kakao zu machen, und stieß an der Tür mit Frauke Weber zusammen.

„Captain!" Sie klang überraschter, als sie aussah.

„Guten Abend."

„Ich dachte, Sie schlafen längst."

„Das hatte ich auch vor."

„Wieder der Traum?"

Braun nickte. „Und Sie?"

„Ich auch. Dr. Zalaffi will es mal mit Hypnose versuchen."

Braun nickte noch einmal. Webers Alptraum sah anders aus, wie sie ihr vor drei Nächten erzählt hatte, aber auch er endete immer mit den Gesichtern der Vermissten und mit Madhans Stimme. Obwohl Weber Madhan nie begegnet war.

Weber starrte in ihre Tasse. Honigmilch.

„Das wird schon", sagte Braun und legte ihr die Hand auf den Arm.

Weber sah auf. „Sir?"

Braun versuchte zu lächeln. „So förmlich?"

„Naja, es geht … um den Knoten."

„Welchen?", fragte Braun und lotste Weber in die Messe. Sie setzten sich. „Der vor uns?"

„Ja. Ich meine, ich … Ich weiß, dass unsere Maschinen nicht bis nach Hause durchhalten, wenn wir die Abkürzung durch den Knoten nicht nehmen können, aber …"

„Aber?"

„Was, wenn ich mich irre?"

„Wie meinen Sie das?"

„Ich meine … wir wissen so schrecklich wenig über das alles, Sir. Ich habe zwar bestimmt tausendmal diesen Raumknoten durchgerechnet und so, aber … Was, wenn ein wichtiger Faktor noch fehlt?"

„Zum Beispiel?"

„Ich weiß es nicht, Sir. Mit allem, was wir wissen, kollabiert diese Passage erst nach deutlich über dreißig Millionen Durchgängen, aber das alles ist furchtbar neu. Was, wenn Dinge eine Rolle spielen, an die wir gar nicht denken? Oder wenn die Durchgangszahl schon erreicht ist?"

„Dreißig Millionen?"

„Es müssen ja keine Schiffe sein, Sir. Kometen, Asteroiden, andere Körper – das zählt ja alles mit. Wir wissen zwar, dass dieses Raumgebiet heute materiearm ist, aber was ist mit früher? Da könnte ein Asteroidenfeld oder so gewesen sein und die sind alle durch den Knoten verschwunden."

„Ich nahm an, dass diese Wahrscheinlichkeiten in Ihrer Einschätzung von heute morgen schon mit drin waren.“

„Ja, schon. Aber das Restrisiko …“

„Wie hoch ist das? Ein Prozent, zwei Prozent?“ Sie nahm Webers Hand. „Ich verstehe Sie ja. Ich hatte die Diskussion schon mit Mr. Harrison und es tut mir leid, wenn er Sie so verunsichert. Aber sehen Sie: Zwei Prozent Restrisiko gegen hundert Prozent Sicherheit, dass unser Antrieb schlapp macht, lange bevor wir so nah an der Erde sind, dass uns ein anderes Galaxy-Schiff abholen kann – das gibt es nichts zu überlegen. Die einzigen Alternativen wären, hier draußen irgendwo zu stranden, also uns auf einem der terraformten Planeten niederzulassen, oder umzukehren, in der Hoffnung, auf ein Föderationsschiff zu stoßen, dessen Techniker unseren Antrieb …“

Hinter Braun wurde die Tür der Messe aufgerissen. Sie drehte sich unwillig um. Wisut Ababa stürzte herein.

„Wusste ich doch, dass Sie hier sind“, keuchte er noch ganz außer Atmen.

„Was ist? Warum haben Sie mich nicht gerufen?“

„Sie haben Ihr Kommarmband nicht um und wir wollten keinen schiffsweiten Ruf initiieren so spät in …“

„Verstehe“, unterbrach sie ihn. „Also was gibt es?“

„Captain, der XO sucht Sie. Es … Wir … Die … Die Imte Rish hat uns gerade kontaktiert.“

„Kral Botmur a Sik?“

„Ja Sir, genau der. Wir sollen uns von den Knoten fernhalten. Und Sanchez hat das Schiff schon gewendet, um ihm entgegen zu fliegen.“

Braun stand auf. „Gewendet? Mit welcher Begründung?“

„Naja, er weiß, wo wir wahrscheinlich Tatum Kahal und Gordon Puchelle finden können. Und … und er hat Pascha … ich meine er hat Pawel Djormin an Bord.“

*

Es ist unfassbar! Ich weiß nicht recht, wie ich beginnen soll …

Ich hatte meinen Bericht für lange Zeit unterbrochen, denn es sah nicht danach aus, als kämen Rt und ich so schnell von der Insel fort. Außerdem waren wir uns beide wichtiger als dieses Papier.

Ich sehe Rt lächeln, während es mir beim Schreiben zuschaut. Meine Eröffnung, dass ich ein Kind von ihm trage, hatte es zum Lachen gebracht. Noch ehe ich verletzt sein konnte, hatte Rt seinerseits gestanden, dass es ebenfalls zugelassen hatte, dass mein Samen ein Kind in ihm zeugte. Rt wollte etwas von mir behalten, trotz allem, was ich ihm angetan hatte.

Doch das ist es nicht, was ich mit dem ersten Satz meinte, obwohl Rts Liebe für mich tatsächlich an ein Wunder grenzt. Ich meinte mit diesem „unfassbar", dass wir beide etwas so Großartiges gesehen haben …

Zuerst war es nur ein Eingeborenes, das wir bei einem Streifzug durch die Insel fanden. Rt versteht genug vom Dialekt seines Stammes, dass es begriff, dass Rstr – so heißt das Trrk – eine Art Erwachsenen-Prüfung ablegt, indem es ein Jahr lang allein auf dieser Insel lebt. Wir fürchteten schon, durch unsere Anwesenheit die Prüfung ungültig gemacht zu haben, doch Rstr versicherte, was die Prüfungsgeister schicken – ob Tier oder Trrk – sei Bestandteil des Tests. Ihm, Rstr, hätten sie zum Beispiel einen Krst geschickt und dann, am Anfang der Regenzeit einen Mss.

Was ein Krst war, konnten wir sehen, das Tier war bei Rstr. Aber ein Mss? Die Beschreibung war ziemlich verworren, Rstr sprach von einem männlichen Bunthäuter.

Er habe jedoch zwei Häute, eine sei wie die eines felllosen Weichhäuters, die andere sei wie unsere – Rstr meinte unsere Kleidung. Ich weiß nicht mehr, ob ich bereits an dieser Stelle zu begreifen begann, aber spätestens als Rstr behauptete, er könne mit dem Mss reden, sahen Rt und ich uns an.

Und wir hatten recht: Dieser Mss war ein intelligentes außerplanetares Wesen. Er war durch einen Fehler in seiner Maschine abgestürzt und von Rstr gerettet worden, so viel war uns schnell klar. Das weitere Gespräch gestaltete sich dann etwas schwieriger. Wir mussten Rstr bitten, die Worte des Mss zu übersetzen, weil dieser den Dialekt der Zehn Stämme, den Rstr benutzte, zwar verstand, aber nicht sprechen konnte. Das war mitunter recht langwierig. Rstr hatte sich ja bisher mit dem Mss nur über Belange der Insel und vielleicht noch seines Stammes verständigt. Technische Begriffe waren ihm völlig unzugänglich, so dass es die Beschreibungen, die der Mss gab, nur bildhaft und nach seinem Gutdünken in die Sprache seines Stammes übertrug und Rt dann aus dieser Fassung den ursprünglichen Sinn herausfiltern musste. Nach und nach verlief die Konversation allerdings flüssiger.

Dabei kamen wir auch wieder auf die Großen Götter und erkundigten uns, ob der Mss den Auftrag gehabt hätte, die Trrk daraufhin zu prüfen, ob sie reif für die Rückkehr der Syrrtyrrn sind. Die Antwort wirkte merkwürdig, behauptete der Mss doch, die Syrrtyrrn wüssten nichts von den Trrk. Nach einigem Hin und Her stellte sich schließlich heraus, dass die Mss gar keine Syrrtyrrn sind – bei all dem Hinundherübersetzen war es zu einem Missverständnis gekommen. Die Mss gehören zwar auch zu einem Bund vieler Welten, mit den Syrrtyrrn hat dieser allerdings erst wenig Kontakt gehabt, weitere Gemeinschaften, so erfuhren wir, würden die Mss sogar nur vom Namen her kennen …

Er sprach in der Tat von weiteren Gemeinschaften. Es gibt offenbar viele davon, ein ganzes Weltall voller Leben – was für eine wundervolle Vorstellung! Und was für eine beängstigende zugleich.

*

Am dritten Tag wachte Rstr von einem Geräusch auf, das es nicht zuordnen konnte. Kr und Krsm waren ebenfalls wach geworden und standen auf. Rstr hörte den Krst draußen bellen, er wurde von Ktm beruhigt. Dann erklangen Stimmen wie die des Mss.

Rstr folgte Kr und Krsm hinaus. Es sah Ktm mit anderen Bunthäutern sprechen. Es waren zwei, einer unterschied sich von Ktm durch eine Wölbung der Brust. Vielleicht war es ein Weibchen. Ktm erklärte den beiden Mss etwas, zeigte dabei auf Rstr, dann auf die fremden Trrk. Rstr konnte einige Worte verstehen: Insel, Prüfung, Trrk, leben … Dann sagte Ktm, der Name der weiblichen Mss sei Nsrn, der des anderen Ktr. Nsrn holte aus einer ihrer Kleidungsfalten einen Silberstein. Ktm nahm ihn in die Hand, streckte ihn Rstr hin und bat das Trrk, die Worte, die er zu dem Stein sagen würde, in der Sprache der Zehn Stämme zu wiederholen. Rstr tat es. Mss und Trrk beobachteten es dabei. Nach einer Weile sagte Ktm, es sei genug, und berührte den Stein mit dem Finger. Dann sagte Ktm etwas und der Stein wiederholte die Worte in Rstrs Sprache.

Was danach kam, erlebte Rstr nur noch als staunender Beobachter. Irgendwie brachte Ktm dem Stein auch die Sprache von Krsm und Kr bei, so dass sich Nsrn mit ihnen unterhalten konnte. Kr übergab die gelblichen Blätter an Nsrn, die nahm ein Gerät aus einem Gefäß an ihrer Kleidung und hielt es über jedes der Blätter. Der Mss Ktr sah sich inzwischen in Rstrs Hütte um, ließ sich von Ktm einiges erklären, hob ab und zu ein Gerät, wie es auch Nsrn benutzte. Als Rstr danach fragte, antwortete Ktm, so könnten sich die Mss die Hütte immer wieder ansehen, auch wenn sie schon wieder weit fort waren. Wo sie sein würden, wollte Rstr wissen, doch Nsrn sagte, es würde das nicht verstehen. Krsm erklärte, die Mss würden in ihre Welt zurückkehren, weit entfernt von dieser.

Rstr sah Ktm an. „Wann?", fragte es.

Der Mss sagte: „Jetzt."

„Wirst du wiederkehren?"

Ktm blickte zu Nsrn, die schaute zu Kr. Kr sagte etwas, das Rstr nicht verstand, und dann schüttelte Nsrn den Kopf.

„Ich komme nicht wieder", sagte Ktm. „Vielleicht kommen die Mss einmal zurück hierher. Oder andere Wesen wie wir. Wirst du deinen Kindern davon erzählen?"

„Das darf ich nicht. Es geschah auf der Prüfungsinsel, und deshalb werde ich die Erinnerung in mir einschließen."

Krsm sagte: „Du wirst einen Weg finden, es zu sagen", und lächelte. „Legenden beginnen sehr oft auf solche Weise."

Rstr dachte an sein Großelter und lächelte ebenfalls. Dann gingen die Mss. Sie wollten nicht, dass die Trrk ihnen folgten, es sei zu gefährlich, und was man nicht wisse, könne man nicht ausplaudern.

Bevor die drei Bunthäuter im Dschungel verschwanden, drehte sich Ktm noch einmal um. Er sah Rstr an und sagte: „Es war eine große Erfahrung für mich, bei dir sein zu dürfen. Du hast für mich Dinge getan, die ich vielleicht nicht getan hätte. Danke."

Rstr wusste keine Antwort darauf. Es sah Ktm sich umdrehen und gehen, der Krst lief hinterher, kehrte am Waldrand um und trottete zur Rstr zurück. Er schmiegte sich an das Trrk und Rstr kraulte ihm das Fell.

Krsm berührte Rstrs Arm und lächelte ihm ermutigend zu.

Rstr wandte sich ab. Es ging zur Klippe und starrte auf das Meer hinaus. Ein leises Geräusch weckte seine Aufmerksamkeit. Über dem Wasser schwebte ein großes schimmerndes Ding. Vielleicht das Luftboot der Mss, dachte Rstr und hob grüßend die Hände. Ein letzter Sonnenstrahl des Tages brach durch die Wolken und erzeugte einen hellen Reflex auf dem Luftboot. Geblendet wandte sich Rstr ab.

Als es wieder aufsah, war das Boot verschwunden, der Regen hatte aufgehört und auf dem Festland glomm ein Feuer. Die Alten würden morgen früh aufbrechen und den Prüfling abholen. Der Wind trug einen Geruch nach Meer heran und einen Geruch nach Einsamkeit. Rstr löste sich davon und ging zurück zur Hütte.

*

Zwei Tage lang tauschten wir uns mit Ktm aus. Dann kamen andere Mss. Sie hatten den Notruf ihres Freundes empfangen und holten ihn nun ab. Sie brachten auch einen intakten Übersetzer mit, doch sie blieben nur so lange, wie sie brauchten, meine Notizen, die ich ihnen anbot, zu kopieren. Die Mss wollten nicht gefunden werden, und ich versuchte nicht, es ihnen auszureden. Weiter sagte die Sprecherin der Mss, die Nsrn hieß, sie wüsste von den Syrrtyrrn, dass die Trrk keinen Kontakt wollten, und die Mss würden das akzeptieren. Sie könne veranlassen, dass ein Arzt der Syrrtyrrn in unser aller Gedächtnis dieses Ereignis lösche, doch wir wollten das nicht. Rstr steht dem Brauch seines Stammes gemäß ohnehin unter Schweigepflicht über alles, was auf der Prüfungsinsel geschah, und Rt und ich versicherten, im Schweigen erprobt zu sein.

Ich für mich habe entschieden, auch dem Krynyr Synn vorerst nichts von den Ereignissen zu berichten.

Während ich dies schreibe, warten Rt und ich auf ein Boot, das Rstrs Stamm zu schicken versprach und das uns aufs Festland bringen wird. Irgendwann werden wir dem Krynyr Synn gegenüberstehen, ihm das Auge von Stekk und den Schlüssel überreichen und ihm die Koordinaten der Tempel geben. Vielleicht werden sie uns unsere Notizen abnehmen und vielleicht auch das Versteck dieser Zeilen finden. Dann aber werden die Mss schon sehr weit fort sein, und die Trrk sind wieder allein im Weltall.

*

Kral Botmur a Sik schaltete den Schirm ab und sah zu dem Menschen. „Sie haben es geschafft, Pascha.“

„Ja“, lächelte Pawel Djormin. „Endlich. Nicht dass es langweilig war bei Ihnen, Captain, aber es ist nicht mein Schiff.“

„Ich verstehe Sie.“

„Ich habe viel gelernt hier, und ich werde unser gemeinsames Training vermissen.“

Kral Botmur a Sik nickte. „Das werde ich auch. Sie haben mir einige eindrucksvolle Lektionen erteilt. Ich hielt Sie für einen Lhalm und hab nicht mit dem Sietelaner in Ihnen gerechnet.“

„Ich bin ein Mensch, Captain“, lachte Djormin. „Wir sind von allem etwas, denk ich. Sie sollten unseren

Captain kennenlernen, Sir. Da werden Sie noch der famayanischen Seite unserer Existenz begegnen. Mindestens!"

Der Mensch erhob sich und reichte dem Sietelaner die Hand. „Sir, vielleicht komme ich nicht mehr dazu, wenn meine Leute hier sind. Also sage ich es jetzt. Dieses halbe Jahr zählt zu den besten Erfahrungen, die ich machen durfte. Auch wenn der Beginn unglücklich war – hier an Bord habe ich die Zukunft der Erde gesehen. Und meine Zukunft. Danke!"

Kral Botmur a Sik erwiderte den Händedruck. Dieser Mensch ahnte nicht, wie nah er dieser Zukunft schon war. Auch wenn der Terranische Bund klein, nahezu winzig war – mit Wesen wie diesem Pascha besaß er ein nicht zu unterschätzendes Potenzial, sich in der Galaxis oder sogar darüber hinaus zu behaupten. Kral Botmur a Sik sagte: „Sie sind jederzeit wieder willkommen", und war sich sicher, dass er auf die nächste Begegnung von Terra und Föderation nicht allzu lange würde warten müssen.

Jetzt jedoch galt es erst einmal, Pawel Djormin wieder auf sein Schiff zu bringen. Die Horizon war nur noch wenige Minuten entfernt. Auf dem Hauptbildschirm der Brücke war sie schon zu sehen. Kral Botmur a Sik musste zugeben, dass die GS3 Horizon Eleganz und Stärke ausstrahlte. Die Tropfenform mit dem sternförmigen Querschnitt hatte etwas Spielerisches und zugleich doch Energisches. Etwas Sietelanisches.

„Captain Braun für Sie, Sir", unterbrach Talikisi Oina Kral Botmur a Siks Gedanken.

„Auf den Schirm! – Captain Braun! Ich freue mich, Sie kennenzulernen."

Die Frau auf dem Bildschirm lächelte. „Ich freue mich ebenfalls, Ihnen zu begegnen, Captain Kral Botmur a Sik. Sie haben einen wichtigen Platz in unserer Geschichte und wann trifft man schon mal eine historische Persönlichkeit."

„Es war weniger mein Verdienst als Zufall, dass die Imte Rish das erste Föderationsschiff war, dem Ihre Rasse begegnete. – Haben Sie Ihre beiden Erkunder im Krien-Sektor finden können?"

Das Gesicht der Frau verlor an Glanz. „Gewissermaßen. Auf einem Planeten, der in Ihren Unterlagen als Talla verzeichnet ist, fanden wir das Erkunderboot. Einer unserer Männer allerdings war bereits beim Absturz ums Leben gekommen. Der zweite hatte Glück, von einem Einheimischen gefunden zu werden, der ihn gesund pflegte und für sein Überleben sorgte."

„Wir sollten ausführlich darüber sprechen, Captain", schlug Kral Botmur a Sik vor.

Alexander Djormin sah erstaunt zu ihm herüber: „Wieso? Wo liegt das Problem?"

„Talla ist ein Tabu-Planet. Es war die Entscheidung der Tallaner selbst, als …"

„Captain!", fiel ihm Nera Stegen a Zerkemann ins Wort. „Raumstörungen!"

„Wo?"

„Direkt vor uns, Ta'al. Die Welle kommt auf das terranische Schiff zu! Es ist ein Dimensionsspalt!"

„Weichen Sie aus!", rief Kral Botmur a Sik Captain Braun zu.

„Ausweichen!", war Brauns Befehl zu hören. Und „Wohin, Sir?" die ratlose Frage des menschlichen Piloten. Dann verschwamm das Bild, als tropfe Wasser in das Spiegelbild in einem See.

Pawel Djormin machte instinktiv einen Schritt nach vorn und streckte die Hand aus, als könnte er die Horizon festhalten.

Doch sie hatte sich schon aufgelöst. Nur die reglosen Sterne glommen fern und unbeteiligt im All. Und Pawel Djormin stand auf der Brücke eines fremden Schiffes und fühlte sich allein.

Nachwort

Der Roman „Allein oder Das Erbe der Terraformer"
spielt in der Warén-Welt. Diese hat ihren Namen von
dem Roman „Warén", umfasst aber vor allem die Geschichten der Menschen in diesem Universum. Warén
selbst ist dabei nur einer der Planeten, die in der Reihe
auftauchen.

Bisher erschienen im Rahmen der Warén-Welt:
    der Roman „Warén" (Web-Site-Verlag 2001),
    der Roman „Zweisam oder Die Sache mit Akakor"
(2014),
    das Buch „Am Anfang war der Irrtum" (drei Geschich-
ten, E-Book 2014, Print 2016),
    der Roman „Tote Helden" (2015),
    der Roman „Allein oder Das Erbe der Terraformer"
(2016)
    sowie einzelne Texte in verschiedenen Büchern.

Mehr zur Warén-Welt und den darin spielenden Geschichten finden Sie auf www.jonRomane.de im Inter-
net.

Impressum

„Allein oder Das Erbe der Terraformer“
© 2016
Autor: Ulrike Jonack / jon
Coverbild: Azrael ap Cwanderay
Herstellung und Verlag: BoD – Books on Demand, Nor-
derstedt.
ISBN: 9783741285158

FSC
www.fsc.org
MIX
Papier aus ver-
antwortungsvollen
Quellen
Paper from
responsible sources
FSC® C105338